Con M de Marilyn

Rafael Ramírez Heredia

Con M de Marilyn

ALFAGUARA

CON M DE MARILYN

De esta edición:
© D.R. 1997, Aguilar, Altea, Taurus, Alfaguara, S.A. de C.V.
Av. Universidad 767, Col. del Valle
México, 03100, D.F. Teléfono 688 8966

- Ediciones Santillana S.A.
  Carrera 13 N° 63-39, Piso 12. Bogotá.
- Santillana S.A.
  Juan Bravo 38. 28006, Madrid.
- Santillana S.A., Avda. San Felipe 731. Lima.
- Editorial Santillana S.A.
  4ta, entre 5ta y 6ta, transversal. Caracas 106. Caracas.
- Editorial Santillana Inc.
  P.O. Box 5462 Hato Rey, Puerto Rico, 00919.
- Santillana Publishing Company Inc.
  901 W. Walnut St., Compton, Ca. 90220-5109. USA.
- Ediciones Santillana S.A. (ROU)
  Boulevar España 2418, Bajo. Montevideo.
- Aguilar, Altea, Taurus, Alfaguara, S.A.
  Beazley 3860, 1437. Buenos Aires.
- Aguilar Chilena de Ediciones Ltda.
  Pedro de Valdivia 942. Santiago.
- Santillana de Costa Rica, S.A.
  Av. 10 (entre calles 35 y 37)
  Los Yoses, San José, C.R.

Primera edición en Alfaguara: mayo de 1997
Primera reimpresión: agosto de 1997

ISBN: 968-19-0336-6

Diseño:
Proyecto de Enric Satué
© Foto de cubierta: Lourdes Almeida.

Rafael Ramírez Heredia es miembro del Sistema Nacional de Creadores.

Impreso en México

Índice

Desde entonces 13

Para entonces 103

Entonces 169

A José Donoso +
Para mis amigos:
Edna y Sealtiel Alatriste
Aida y Hernán Zavala.
Y como siempre
para mis hijas Claudia y Marisa.

Uso los escotes amplios
porque no me gusta
que me miren
a los ojos
M.M.

El pasado es un prólogo
W.S.

Desde entonces

I

El olor a loción corriendo por el cuerpo, la melena tornasolada por el toque de vaselina, el gazné aflorado por entre la camisa, abierto el periódico en la mano, José Baños movió el rostro hacia el frente sin dejar la vista fija en algún sitio.

Ondulando el perfil huesudo de los dedos construyó una escena donde la figura de la Gran Señora ocupara el centro de una secuencia multicolor. Al momento de visualizarla con el vestido pegado al cuerpo y la boca elevada en un triángulo rojizo por donde una voz cándida cantaba oraciones para enchinar la piel, sintió el galopar en el estómago que desde siempre ha acompañado toda noticia afectante a su entorno —mujer, película, llanto de doña Amalia, vendeta, agresión paterna— como la nota leída en el *Cine Mundial* que detuvo el movimiento del hombre y lo dejó en la acera imaginando la cercanía de la Diosa soñada durante tantos años, sin saber en aquel tiempo que una tarde, por medio de la noticia, la mujer se aparecería en una cinta imaginada en la mitad de la ciudad de México, frente a un José detenido con el periódico en la mano y el olor a loción envolviendo el bleiser azul de botones dorados.

Días más tarde, mientras en la plazoleta de Taxco se arreglaba la intervención de los mariachis, y Pablito Díez explicaba a los grupos musicales la necesidad de orquestar bien la de *hay unos ojos que si me miran,* Baños iba a recordar la tarde en que salió de su departamento para buscar a Nabor Uribe, conocido como el Piscacha, cuando al detenerse junto al puesto de periódicos vio en el diario la escueta noticia anunciando la probable visita de Marilyn Monroe a la capital de México. Lo habría de recordar no sólo por el estacazo en el vientre, sino porque a partir de ese momento su existencia tomaría otros rumbos, y la pasión por la estrella se asentaría, por fin, en algo concreto, años después de que ese amor se iniciara en la oscuridad del cine Roxy.

Quizá la pasión se empezó a gestar al ver *O Henry's Full House*, o *A Ticket To Tomahawk*, pero lo que seguramente abrió ese caudal fanático, fue *Niágara*, porque la imagen de ella traicionando a Joseph Cotten en medio de la turbulencia del agua, con el reclamo —imposible de ocultar— de la melodía emergida del carrillón, lo orilló a aplaudir desde su butaca del Roxy, años después de asistir por primera vez a esa sala, cuando doña Amalia lo llevaba de la mano, y él, junto a sus hermanos, corría por los pasillos, jugaba escondidillas, rodaba por el declive alfombrado, sin imaginarse en aquel tiempo que años más tarde vería en la pantalla a la Diosa, con el vestido remarcando el cuerpo, caminando en busca de su hombre mientras la melodía del carrillón soplaba quejas sobre el estruendo de las cataratas.

La nota del *Cine Mundial*, entre una entrevista con Pedro Armendáriz, unas fotos de Angélica María, y un comentario firmado por Ricardo Cruz, decía de una probable visita de Marilyn Monroe. Se trataba de una mera posibilidad, pero Baños la contempló con una certeza entretejida por su impaciencia, armada por su lógica, y sin contestar la charla del voceador se quedó atento al tráfico de autos, al cruzar de la gente, pensando que en la industria cinematográfica se asentaba parte de su existencia sacudida con altibajos: la venganza de don Gre, su relación con Nabor Uribe, la ira soterrada de Elsa.

Por el momento lo que importaba era la noticia que le hacía pensar en sus anhelos cercanos y en la segunda época del cine Roxy, ya con la Gran Señora como su sueño más fuerte, mientras Bermúdez —delgado alto, escapado como él de la preparatoria— recitaba parlamentos diciendo que nunca se cura a quien le ha picado el aguijón del cine.

Inútil tratar de hacerle entender al voceador lo significante de la llegada de Marilyn Monroe, pese a ello Baños habló de la presencia de esa mujer en las pantallas, del mito creciendo al conjuro del nombre, y Pepe, como cineasta, apreciaba en su totalidad que ella, la Mujer, se diera tiempo para llegar hasta México y aparecer en una realidad tan minúscula, porque nuestro país aún no llegaba al punto de crear figuras de esa talla —dijo hacia el frente como si se hubiera olvidado del voceador acomodando los periódicos, y la tarde estuviera detenida en los ruidos de la ciudad.

José Baños, apurado por la necesidad de ir a recoger la mercancía con Nabor el Piscacha, alterado por la noticia, se mantuvo igual que si manejara la acción portando un megáfono de director, posponiendo por el momento la reunión con el tipo quien le surtía los papelillos, sin siquiera imaginar que unos días después charlaría con el mariachi gozoso por la inminente serenata, Pablito repartiendo los tragos de tequila, la noche taxqueña retimbraba de cocuyos, por lo menos así lo recordaría meses más tarde mientras esperaba en el Ships Restaurante desde donde los recuerdos tercos lo regresarían a esta ocasión en que —retardando la visita a Nabor Uribe, con la presencia inútil del voceador, pensando en su amistad con Bermúdez, en la llegada de la Señora— haría un recuento apresurado de su vida desde la primera época del cine Roxy hasta hoy en que salió del departamento en la calle Nazas, y sin saber lo que se iba a desatar, compró el *Cine Mundial* para leer la noticia.

Veintiún semanas después de ese inicio de febrero de 1962, durante las horas de espera en el Ships Restaurante de Los Angeles, California, José Baños —J.B. en los Estados Unidos— recorrería trozos de su vida, cierto, eso sería veintiún semanas después de esa tarde cuando creía que los recuerdos eran sólo lastre que lo habían anclado junto a su cuarta esposa: una Lucille ausente casi siempre. Que lo sucedido desde Satín, pasando por las otras dos: Elsa y Gabriela, eran sólo trampas colocadas como pruebas de que para hacer su película se requería haber cruzado el aprendizaje: mañas de los *big shots*; genialidades del Indio; metáforas de Bermúdez; la zorruna alegría de Pablito; la sequedad de Buñuel; lo desagradable de vender cocaína; las noches ensueñadas de polvo y vodka; los reclamos de Satín a través de Sarita.

Baños reafirmó que el achuchón en el estómago formaba parte de un algo conocido, y ni la ausencia de casi todo el día de Lucille, ni los silencios añosos de las otras mujeres, le iban a quitar la vibrante sensación de saber que muy pronto los baches del alma se podrían llenar de maravillas sin más límites que su audacia. La Estrella se había apoderado del entorno dando muy pocas salidas a la tarde. Quizá el guión que estaba escribiendo sobre Satín se mantuviera como una alternativa para ser filmado, pero eso no tapaba la historia con Elsa, ni menguaba la fuerza del veto de don Gre, o el eterno suicidio de Gabriela, al contrario, eso era parte del bagaje de su vida y no era posible echar la carga por la borda, no, los raspones y las soledades no se olvidan, pero ahora se aligeran ante la noticia mascullada y recreada en el trayecto rumbo al café La Habana.

En caso de hacer la película sobre Satín tendría una base tomada de su propia existencia, por qué negarlo, así lo decía en el guión trazado en servilletas, en orillas de mantel, pero más hecho en la cabeza después de haberlo y habérselo repetido infinidad de veces. Tantas, como charlas en El Mallorca. Como se lo iba repitiendo cerca del panteón de San Fernando —sin verlo, pues estaba hacia el norte de Bucareli— presentido al tomar rumbo al café La Habana, donde en una de las mesas lo esperaba

Nabor Uribe, el Piscacha, atento al pedido, como atento estaría con cada corredor que llegara a abastecerse.

Dándole una palmada al voceador pidió también el *Excélsior* y *El Universal* donde en su sección de espectáculos buscaría ampliar la noticia de la llegada de M. M. Ahí estaba la información, igual de pequeña, igual de tímida. ¿Será cierto? Quizá Ricardo Cruz le diera más datos. Pero en última instancia ¿qué pretendía con asegurar la noticia? Mientras avanzaba hacia Reforma fue pensando: ¿Qué ganaría con confirmar la llegada de la Señora? No quiso puntualizarlo, era una mancha más grande que el turbión de asuntos, de revanchas, de partidas suspensas por el triunfo ajeno, de negocios oscuros, de sueños pintando papeles, de una película con la Señora, la oportunidad de demostrar que él iba más allá del aplauso cortesano. ¿Era eso? Porque noches después, mientras bailaba en el centro de la pista, entre el goce y el olor a perfume, habría de repetir la sucesión de ideas de aquella tarde en que caminaba rumbo a la cita en el Habana.

Quién sabe, quién lo sabe, no Pepe, él no, él sólo camina, siente la tibieza de la una de la tarde sin siquiera intuir que el 4 de agosto, cerca de veintiún semanas después, él, J.B., estaría solo en el Ships en espera de que dieran las nueve de la noche, intentando dejar atrás los años de baches y trompadas, buscando abrir nuevas rutas a su navegación para incorporarlas a los guiones que escribe, a los que ha escrito, los que va a filmar cuando la historia de lo sucedido baje y corra al ritmo de sus pasos.

Por supuesto —se dijo al cruzar el camellón de Reforma— Satín nunca podría ser interpretada por la Gran Señora, se podría hacer una combinación para representar a Elsa, Gabriela y Lucille, pero lo de Satín es imposible, ella es parte de una historia ahí finalizada. Los guiones no se acaban, sólo se abandonan, salvo el de Satín. Los amores no se abandonan, se acaban, o se cambian, o se vuelven horrores, o películas donde aparecen los verdaderos rostros, no los fingidos. Palpa los diarios, siente en las manos la noticia. Ve la fachada del Habana y adivina el cuerpo de la Diosa. La puede ver como una foto más de su colección. Ahí está la inmensa fotografía que preside la sala de su departamento. No se confunde con los rostros de sus otras mujeres: carne que quiere olvidar sabiendo que no puede, no debe, porque lo sucedido con cada una de ellas forma parte de la enseñanza con la figura de la Diosa protegiendo las acciones.

Meses después, en la espera solitaria del Ships, habría de recordar esa tarde en que leyó la noticia de la llegada de M. M. y cómo a partir de ese momento los recuerdos y los futuros armaron la parte integral del resto de ese febrero, de un vital marzo, de un abril dudoso, de mayo y junio descontrolados, de un julio viajante, y de cuatro días de agosto, sólo cuatro días. Pero de eso nada sabía al llegar al café Habana llevando los presentes enredados en los futuros y las esperas dando ganchos al estómago, porque si bien la noticia llenaba sus ensueños, éstos no cubrían el resto de sus años, la necesidad de dinero, los tatuajes dejados por sus mujeres, la figura tambaleante de su padre y esa sensación de vacío que no lo dejaba en paz, aun cuando Bermúdez señalara que un creador debe vivir con el rasguño de los gatos en el alma y nunca con la paz de los gorriones.

No necesitaba cerrar los ojos para imaginarse a la Gran Señora. José cargaba siempre con la figura de Ella, la llevaba a lo largo del día hasta la soledad nocturna: Lucille dormida y él soñando frente a los papelillos y el vodka. La visión de la Rubia era frecuente y no alteraba su existencia, pero hoy Ella desfilaba junto a él en una superposición, en miles de pantallas. La turbulencia encabritaba los ensueños, confundía los recuerdos en ensamble de rostros, guiones listos, escribiéndose, sin importar el veto, el desprecio de la Aguilar, la ausencia de Gabriela, o la indiferencia de Lucille.

Alguien —¿Pablo, el jalisciense Bermúdez?— una vez dijo que era inútil olvidar. Por decreto nadie puede cerrar la mente. Aceptarlo. Adoptarlo. Arreglarlo. Adentrarlo. Alargarlo. Aceitarlo. Dijeron. Le dicen. Piensa que el mundillo del cine mexicano se va a desquiciar con la aparición de la Diosa y él tiene que usar eso para salir del bache iniciado cuando su padre lo echó de casa, reafirmado al juntarse con Sara Maldonado, mejor conocida en las calles de la colonia Guerrero como Satín, así, con ese nombre de cómic polvoso, transformado en película cuando la cámara panea por la Ciudad de México, se centra en la zona del Monumento a la Revolución. Toma las columnas y el espacio de la plaza. Los edificios cercanos. Después baja hasta el Panteón de San Fernando. Recorre el perfil del cementerio hasta llegar, en *close up*, a la tumba de don Benito Juárez, para seguir hacia la roca simulada que guarda la osamenta de Miguel Miramón. Con algunos giros, la cámara enfoca el rostro de una mujer que camina con lentitud, tras de ella, prendiéndose y apagándose, se ven las letras de un hotel.

El rostro nos muestra a una señora de unos 30 años, muy maquillados, harto sufridos, con los ojos vivaces y duros. Es Sara Maldonado Altamirano, mucho mejor conocida como Satín. —Ahí comienza la película —decía— llevaremos a un actor que pueda aparentar 16 a 17 años en ese despertar de todo adolescente. El asunto va más allá de la sensibilidad del muchacho: pobreza, condiciones de vida, casa en que habitaba, un papá borrachón, rijoso, vestido con una camisa sucia y con la amenaza inminente de que lo corrieran de los trabajos. Mamá enfermiza, llorosa, vestida con delantal a rayas. Encuadrando las manos para simular la visión de una cámara, dijo: no quiero contar toda la historia, sólo detalles. El ambiente familiar y una idea de las condiciones de vida de las familias mexicanas de clase baja, en los finales de los años 40. Las escenas se deben colorear con algo de los asuntos del país. Este joven conoce a una prostituta de nombre Satín que trabaja en las cercanías del Panteón de San Fernando. Una historia archiconocida, sí, pero no por ello indigna de ser llevada al cine —platicaba mientras rondaba la mesa, levantaba las manos, movía los dedos simulando *zooms* y *midshots.* Nada nuevo existe sobre la faz de la cinematografía, el chiste es expresarlo de una manera diferente. La actriz que haga el papel de Satín debe ser morena, delgada, de buenos pechos.

José —así debería llamarse el actor que haga el personaje— vive a salto de hotel, su padre lo ha echado de casa, visita a escondidas a su mamá —para efectos de la cinta se podría llamar Amalia—. Bien, José descubre a Satín —sin que por el momento sepa cómo se llama— la acecha desde la protección de las tumbas del cementerio. Se decide y la aborda. Ya saben cómo son estas cosas, romance conflictivo, patatín patatán. A ella le agrada por saberlo primerizo, él sufre por el trabajo de ella, por las burlas que le hacen sus amigos, incluyendo a un jalisciense de apellido Bermúdez que con frecuencia visita a la protagonista. Al cabo de un tiempo de violencias Satín se enamora de Pepe, tienen una hija. Él se muda a vivir con la mujer, acepta dinero y regalos, conforme sucede esto, José se da cuenta que Satín es en realidad una Sara Maldonado deteriorada, irritable, que ha envejecido a gran velocidad, que ya no atrae a nadie. Una noche el protagonista se larga del hotel Armida, se va de regreso a su casa buscando reposo a su guerrilla personal, pero el padre sin hacer caso al llanto de doña Amalia, no lo deja entrar. José se refugia en el departamento de su amigo Bermúdez. El jalisciense le da consejos, lo único que puede redimirlo para dejar a Satín es dedicarse en cuerpo y alma a desarrollar una profesión, que bien pudiera ser el cine.

En apariencia la historia es común y tendría ahí el final sugiriendo el triunfo del protagonista dentro de su profesión, pero no es así porque la hija, Sarita Baños Maldonado, será una monserga que el personaje deberá cargar en sus siguientes tres matrimonios. Sarita siempre va a reprocharle haber abandonado a Satín, detenida por herir y asaltar a un cliente, por lo que la niña se fue a casa de una tía, pero buscando al padre para que éste le diera dinero, conseguido por las ventas de cocaína entre la gente del mundillo artístico, y que el Piscacha —silencioso, sentado en la mesa del centro, rodeado de republicanos ceceadores, toreros arrugados, cantantes de bigote fino, del barullo, de las carreras de los meseros— entrega un manojo de sobres a manera de saludo, sin levantarse de su asiento en el café La Habana, por donde José Baños camina sin mirar a nadie más.

Sale a la calle enredado en los años antiguos, en los tropezones, en el guión de Satín. Sale magnificado en la noticia leída horas antes, construyendo películas en las avenidas, pasando la mano de lo brillante del cabello al periódico doblado, por donde brincan los ensueños de una Diosa tapando recuerdos y que ha emergido de la pantalla para cantarle al oído.

II

Elsa Aguilar, señora de muchas películas mexicanas, dueña de los suspiros de políticos como el secretario Álvarez, de empresarios como Gaona, de pelotaris como Marbechu, de gente de la calle que a su paso cantaba el tema de la cinta que hizo con De Córdoba, pero sobre todo, colgada de las decisiones de don Gre, pensó: lo que hiciera o no hiciera la señora Monroe en nada le iba a afectar, porque sus posturas estaban en jardines diferentes, y si bien la Aguilar no pintaba para nada en las fiestas de Hollywood, ni en los salones de la Casa Blanca, ni un presidente del tamaño de Kennedy se fijaba en su cuerpo, no iba a festejar que la señora gringa viniera a soliviantar lo malinchista de la gente.

Elsa estaba segura que el torbellino levantado por la gabacha se iba a terminar tan pronto como ésta regresara a casa, y los mexicanos —curándose de una cruda agarrosa, de las que se enquistan por más cervezas echadas al incendio— se iban a dedicar a cantarle loas a sus divas locales, sobre todo a la Félix, que tanto había boicoteando la carrera de Elsa pues no faltaban los torpes que decían que copiaba los modos de la Doña, y no, la Aguilar tenía para lo que fuera pese al resbalón en su carrera al casarse con el charlatán cuyo nombre no deseaba meter en sus pensamientos en esa mañana en que ondulada como gato mimado se iba enterando que Marilyn Monroe visitaría México.

Cada quien tiene lo suyo, el chiste es saberlo, no soñar con lo que nunca llegará, y no por falta de algo, sino por necesidad de nacencia —se fue murmurando al baño, dándose pequeños masajes en la sien. De seguro las triquiñuelas de la Félix la llevarán a salir estruendosamente de México, seguida por una corte infinita de maletas y de declaraciones punzantes, pero ella, Elsa Aguilar, se iba a ir sola a Acapulco, y al pensar en las playas del puerto, la isla de la Roqueta, El Tangaroa, La Quebrada, en el cabaret La Perla, no pudo menos que aceptar la figura de Baños entrando en medio del paisaje guerrerense, asentándose en una de las sillas del cabaret, alzara la mano adornada con esclava de oro y anillo de rubí, y saludara —entre ceremonioso y sorprendido— al conjuro de la presentación que formulaba el Indio Fernández:

—Este joven es de los que van a dar qué decir en el cine mexicano, Elsita, yo a mis estrellas favoritas nunca las hago de menos, qué carajos.

Ella, pese a los consejos de algunos amigos que decían que hacerlo era seguirle el tono de la segunda a la Doña, alzó la ceja, y con esa su voz ronca, sensual hasta el aplauso de sus seguidores, dijo estar muy contenta esa noche en compañía de los presentes y de un señorón como Emilio. Seguro valía la pena desvelarse, porque se iban a desvelar escuchando al trío Los Ases, iniciando "Delirio" con el requinto abrillantado en las manos de Neri, quien medio dormido, quizá un poco más que alegre, despejaba los ruidos y las charlas con ese principio del bolero del cubano César Portillo de la Luz...

—Aunque algunos se lo atribuyen a José Antonio Méndez —dijo José Baños recargando un poco su rostro en la mejilla de Elsa Aguilar, quien se sentía completa con su vestido estraples, blanco, dejando ver las redondeces de los hombros, con el aliento suave, con la firmeza en las piernas, llevando muy leve el ritmo del bolero en el momento en que Muñiz entraba con ese solo inicial que tanto le gustaba.

Mientras Los Ases armaban sus canciones abriendo el abanico de Álvaro Carrillo, Frank Domínguez, Gonzalo Curiel, ella sintió *algo flotando en el ambiente* y metiéndose a la sangre al ver a ese joven alto, de nariz recta, ojos tristones, tan diferente a un don Gre: insistente, celoso ante cualquier mirada que no estuviera dirigida al productor. En cambio el joven ni siquiera la veía por atender al trío, o de vez en cuando hacerle caso a las palabras a cada momento más deshiladas y rasposas de Fernández, quien en un compás entre canción y canción —pese a que Los Ases habían sido más que obsequiosos con los de la mesa de las celebridades, ah, imaginarse, el Indio y la Elsa juntos— dijo al trío: es hora de mandar al carajo los boleritos simplones y tupirle a las canciones bravías que están hechas para acompañar al tequila.

—Señores, nada de pendejadas estas de burbujitas, tequila pa' los de esta mesa y pa' la de esos pinches gringos que se sienten dueños de la bahía —señaló a un cuarteto de comensales que sin saber el significado de las palabras de ese señor vestido de negro pese al clima, de estómago abultado, de piernas delgadas y un mechón lacio sobre las orejas, sonrieron y movieron la cabeza, incluyendo al más joven de los extranjeros, que se echó un viva jaliscou, como si con eso se metiera de lleno a la fiesta que cargaban los de la mesa visitada de continuo por gente y por los flashes de los fotógrafos. La noche se hizo larga, centrada en la mesa de los artistas; por ahí desfilaron o se quedaron varios amigos, entre ellos Los Ases que, sin micrófono, al puro valor de la voz, se echaron los corridos demandados por el Indio con tono pastoso y golpeándose de continuo la cadera derecha, como si quisiera mostrar en qué sitio cargaba el revólver.

Quizá fue la actitud bravucona del director, o el hecho de que en un momento Fernández se tumbara sobre una silla tarareando una canción inexistente, remarcando sentencias contra los que tienen que mear y no deben reprimirse y que alguien señalara la marca mojada en el pantalón con adornos de plata del director, o bien ya los dueños de La Perla regateaban los tragos, o que el tal José Baños, alerta siempre, se mantuviera firme, sin cabecear, como si la noche anduviera aún de primeriza, la Aguilar dijo estar cansada, no aburrida, eso es muy diferente.

—Por favor José, ¿no sería molesto pedirle que me acompañara hasta el hotel ?

Entonces los dos —sin despedirse de la batahola orquestada por el director, que cantando a gritos, pedía trago y trataba de acariciarle los pechos a una de las extranjeras— salieron tarareando alguna melodía; ella con la piel sudada y José con la camisa abierta. Sintieron el fresco de la calle, junto a la plazoleta de frente a La Perla, a un lado de las escaleras usadas por los visitantes para bajar a los balcones y admirar a los clavadistas, y él, como si deseara que la voz fuera sólo de ellos, dijo:

—Los clavadistas representan a un México entre el aire de la posibilidad y la caída de un delfín antes de morir después de un vuelo sobre las rocas de una quebrada infinita. —Elsa Aguilar se apretó al brazo del hombre antes de que ambos subieran al Lincoln descapotable de la estrella y se fueran rumbo a la costera con el fresco del aire y una leve brisa lluviosa despegando el sudor, quitando las posibilidades a la entrada del sueño.

Así que al salpicar de nuevo la cara con agua, al sentir un sueño no satisfecho, pensó que la desmañanada le iba a sostener la jaqueca por todo el día. Despertaba con una noticia relacionada con el cine, la llegada de Marilyn Monroe, pero eso no le iría a afectar. Las mujeres tienen que dominar las pasiones, no confundir la vida con los escenarios. Lo de adentro es sólo de una y de nadie más, que lo de José había de aceptarlo como una toma que por necedad el director no repitió, y pese a que odiara su presencia en esa su intimidad tan íntima —se decía al quitar la cubierta a la toalla sanitaria— recordó: unas noches después de aquella de La Perla, Los Ases, del Indio y el champaña cóctel, el hombre ya pertrechado en su habitación, con el cepillo de dientes en lugar señero del baño, con la mirada dueña recorriendo el cuerpo de ella, le dijo: juntos formarían la pareja del cine nacional, llegarían a conjuntar las más ambiciosas producciones. Al decirlo se levantó trazando con las manos un panorama elevado al cielo, como si quisiera que los nombres de Elsa y José, o de José y Elsa, estuvieran en una marquesina gigante, igual a la que las manos del hombre pintaban sobre el cielo de Acapulco con el vestuario del mar y los edificios.

Los borrones de la película aparecen sin precisar orden secuencial, porque de Acapulco ella se ve en una toma rodada en la Ciudad de México, siendo esposa de Baños. Viven en un departamento de Polanco. Se alternan los viajes con las noches en que él, durante horas, le recorría con la lengua el sexo sin hacer caso a los gritos que llegaban y salían de un continuo orgasmo, con las machaconas presiones de él por filmar una historia de una mujer llamada Satín, contada y recontada cada vez que estaban solos, sin que a Elsa le agradara la idea de hacer el papel de una prostituta que envejece en el oficio. Nunca le agradó la idea de la película, ni que José Baños se hubiera convertido en un escollo para su carrera, un reclamo continuo de sus admiradores y amigos. Una roca gigante en su relación con don Gre, a quien tanto tanto le debía, pero quizá eso entraba en un segundo plano cuando Pepe, con la lengua como faro rojizo, se desprendía del silencio, le arrancaba la ropa interior y le metía su boca en el sexo presintiendo el placer recolarse en cada trecho de ese cuerpo, de esa soñada dermis admirada en las pantallas del cine mexicano.

Marilyn Monroe no le iba a quitar el gusto de un día sin quehaceres, de unas horas sin que don Gre la sitiara a órdenes y preguntas porque el hombre andaba de viaje con la esposa, amén de que sus relaciones eran ya distantes. Se aprestó a meterse en la ducha, a sentir en su cuerpo la dureza de hacía años, cuando filmó en la zona tropical aquélla del remolino y el amor del hombre casado. Elsa estaba casi idéntica que cuando compartió créditos con Pardavé. Ahora era el momento justo de lucir la figura en una Ciudad de México tan inmensa para las diversiones.

Sin nada más que el perfume del jabón llegó a tenderse en la cama —solícita, Felicia iniciará el masaje de todas las mañanas— sin pensar más en la lengua y los modos de aquel José, en los años que después pasaron, en los líos y demás asuntos, porque por el momento estaba ya bien de andar dándole de zarpazos a los recuerdos. Felicia sabía de una Elsa enrabiada, pues las noticias del cine se centrarían en la visita de la estrella norteamericana, que más de uno de los que buscaban a la Aguilar, incluyendo a don Gre, se iban a desaparecer de la escena hasta que la Monroe se fuera de México, pero también la secretaria estaba segura: algo más allá de esa visita extranjera andaba de palique en los recuerdos de la artista, porque bien conoce el significado de la mano en la sien, cuando la punzada ha tomado sus dominios y no los abandonará hasta que algo o alguien dé un empujón quizá motivado por un contrato, por una alabanza en los diarios, por el regalo de una joya, por un nuevo romance diferente a los que hasta ahora ha tenido Elsa Aguilar alta, de piernas largas, de cejas arqueadas, estremecida bajo los apretones que Felicia recarga para quitar tensiones iniciadas al principio de una mañana, cuando la radio daba noticias, y los chismes del mundillo cinematográfico se los llevaba a la mujer que alguna vez —Felicia, como otros muchos lo saben— se llamó Norma Jean Mortenson.

III

El saco arrugado, el montón de cacahuates de continuo revirado en el platillo, con el paquete de cigarrillos como defensa en la mesa, el periodista Ricardo Cruz miró a José Baños entrar a La Mundial a esa hora de la mañana en que los reporteros andan viendo de dónde sacan la nota, y sólo los que tienen más callo que un abulón, o arreglos con la jefatura, pueden darse el lujo de echarse la botana antes de que llegue la manada y atiborre las mesas de la cantina La Mundial —mi amigo, para qué soy bueno —dijo Cruz sin dejar de masticar cacahuates.

—Te digo esto porque por la cara veo que andas buscando algo, ¿me equivoco?

José Baños tenía tiempo de conocer a ese hombre que gritaba por una ducha, por un limpiar de uñas, por un planchar la ropa, y por conocerlo estaba prevenido si sacaba a colación lo de Punta del Este, o de refilón, mañoso, recordara con sus argucias lo de los cubanos y sus encargos, asunto que había enfriado por un tiempo la relación entre ambos, ahora en apariencia ya restablecida. Mostrando ir a lo que iba se sentó dejando de lado el ordenar algo al mesero.

Baños no podía dejar que sus pensamientos —y lo que de ellos salía— se frenaran ante una noticia que podía ser sólo un anuncio publicitario. Durante los años anteriores, él se había ido interiorizando en el ambiente, sabía que el mundo del cine estaba lleno, si no de mentiras —como señalaban los profanos— sí de sueños a veces no cumplidos, en ocasiones más adentro de uno que de la misma realidad de este país, con un presidente que se la pasaba de viaje, tripulaba autos sport, en la conquista de damiselas, sin importarle que una de las formas de llevar cultura a la gente fuera por medio de las pantallas del cine, porque no en vano el nombre de México en el mundo, antes que merced a los viajes del señor, estaba cimentado gracias al cine, a los hombres y mujeres que hacían posible esto, no a explotadores como don Gre, a petimetres como Ortiz Mena, que hacía declaraciones buscando ser el elegido para la presidencia, o a viejos trompudos como Díaz Ordaz, siempre zorruno y como encabronado junto a la figura de López Mateos, fumando discretamente sus Delicados.

Baños no quiso imaginarse la escena, pero fue tan débil la resistencia que de pronto los focos del *set* se iluminaron, se llenó el espacio de órdenes y de gritos hasta que la voz del director exigió silencio y entonces José vio la secuencia —construida a tenor del comentario del periodista, vio a Marilyn rodeada de señores, esperando el arribo del presidente, uh, porque con la fama que portaba don Adolfo no se le iba a escapar viva la Señora de Hollywood, nada de eso, si ya se hablaba de un Justo Sierra —bien avenido en esas comisiones— cumpliendo el encargo del señor, quien con seguridad había lanzado sus anzuelos para que en un acto de revitalización a la industria cinematográfica, el ciudadano presidente de la República diera una cena privada a la señora Monroe. Esa *escena*, fuera del control de José Baños, se filmaría después de la llegada de la Gran Señora, por ahora lo que a él le interesaba era confirmar que, en efecto, la llegada de Ella era algo ya suscrito y no sólo el sonido de las campanas en la noticia *aborregada*, que remarcaba las páginas de *amarillo*. Después habría tiempo de irle cosiendo los retazos a la historia, de irle ajustando los apretones a la tuerca del *aproche*, por ahora las palabras de Cruz —quien siempre afirmaba que su apellido era un homenaje a su cotidiano sufrimiento— eran en el sentido de que no se trataba de un borrego, ni de una publicidad amañada, nada de eso, la mujer llegaría a México en la fecha acordada y la posible cena con el presidente estaba sujeta a las actividades de Los Pinos.

—A las sospechas de doña Eva Sámano, para decirlo en buen cristiano —remarcó el periodista, quien se remitió al deseo presidencial de no dejar a México en el aislamiento del maguey. —Lo demás que sale en los periódicos es casi cierto —continuó en medio de los tragos y los cacahuates— quizá un par de ajustes de tiempo y de actos, pero el grueso, Pepito, dalo por un hecho.

—Mi curiosidad es profesional, si un cineasta no se interesa por los sucesos del mundo en que pretende vivir, pues que se dedique a otra cosa.

El periodista insistía en saber la causa de su enorme interés por la llegada de la Diosa. Pepe no quiso dar una explicación relacionada con sus más íntimos sueños, porque sería tanto como descubrir sus secretos, hacerlo partícipe de una película sólo de su propiedad.

Salió a la calle midiendo el sustento de varios asuntos: que el periodista nada hubiera comentado sobre la Conferencia de Punta del Este, donde los americanos trataban de perjudicar a Cuba; otro, que le faltaba poco tiempo para completar lo que a jirones, desde la lectura de la nota, iba apareciendo en su cabeza como si se tratara de una película presentada en las pantalla, de la calle Bucareli, del Caballito en la rotonda, en la avenida Reforma, en el hotel Regis, en la Alameda Central, en las estatuas desnudas, y allá, enfrente, en la rotundez del hotel Del Prado, donde Cruz aseguró se instalaría la mujer más bella del planeta. Y en esa turbulenta secuencia de construcciones y sitios, José se dio cuenta que cerca estaba un edificio que podría marcar su vida: el hotel Del Prado, sin saber que después variaría en su escala de valores al saber que M. M. no llegaría a ese sitio.

Otro hotel que ahondaba parte de su vida —amén de aquel no olvidado pero rechazado Armida— era el Regis, porque ahí se desató la pelea con Elsa, cuando ella —contraviniendo la opinión machacona de Baños, que sin ser su representante legal fungía como su asesor de imagen— aceptó un contrato para cantar, y él arguyó: Elsa tenía todo para ser la figura que ocupara el sitio de la Doña, o de Miroslava, pero en el terreno del canto estaba perdida. No bastaba con plantarse en el escenario dejando caer los poderes de su mirada, no se podía sostener un show con la templanza de las caderas, con el puro perfilar de los pechos, y no porque ella estuviera carente de atributos, sino porque una cosa era verla en la pantalla, protegida, con el ángulo adecuado, diciendo los parlamentos armados para su voz ronca, que verla aterrada junto a un piano, sabiendo lo inminente del desentone, o lo débil de la voz sin matices.

—Por eso la Doña no canta nunca y cuando lo hace es en una película para que la puedan cuidar como si fuera escolapia —fue la continua cantaleta de Baños. Y ahí estuvo lo malo, porque Elsa escuchó lo de la comparación con la Félix y dijo: la machorra de Álamos no era capaz de enfrentarse al público con la pura verdad de la presencia, ella sí estaba dispuesta, poniendo como handicap que por lo menos andaba en edad un medio siglo abajo que la sonorense. Todo esto dicho en el tumulto de los gritos, frente a una Elsa recién levantada, a un José Baños en piyama, caminando por la recámara como si ensayara un papel de su propia película— aún no realizada, carajo, cómo le enrabiaba eso.

—No era fácil armar una pareja con esos elementos —señalaba Cruz en sus discusiones— aceite y tractolina, limón con leche. Elsa era la reina del momento, asediada por don Gregorio, más bien, podríamos decir, parte de la nómina de la compañía de don Gre. Imagínense, si un hombre como él iba a dejar a un más que oscuro aspirante a cineasta quitarle a la mujer más codiciada de México. Y le cerraron las puertas, lo vetaron porque nadie se quería echar de enemigo a un alacrán del tamaño de don Gre, y si a esto le juntamos que Pepe no se entendía con Elsa, la celaba reclamándole cualquier cosa, pues el asunto no podía durar más de lo que duró, y como algunos dicen, fue como si las apuestas en el medio corrieran a ver qué día ella lo mandaba al diablo, o don Gre le ponía un cuatro de donde nunca se iba a levantar por más suerte que tuviera nuestro José Baños.

Pepe no podía aguantar quedarse en el *stuntman* pilmama de la señora, relegado para que la gente se le pudiera acercar a la estrella, silencioso ante las llegadas de madrugada y Elsa pidiendo dejar los gritos para una hora más conveniente, ¿cuál es, si no existe hora para poder hablar con ella? Una ella que se levanta tarde, con esa permanente punzada en la sien, la prisa por un llamado a filmar, o por la necesidad de asistir a una comida donde se van a tratar asuntos de gran importancia para la carrera de ella y quizá, por qué no, la esperada oportunidad de que José dirigiera una película, soslayando las presiones de don Gre quien en nada influye en nuestro matrimonio juraba llorando Elsa.

Pero José sabía de las órdenes de don Gre, de su poder. Conocía —porque los amigos del cuerpo técnico, las mujeres de maquillaje, los asistentes, le contaban— a dónde se veía con su esposa. Cómo el pinche viejo la rondaba como tigre. Le enviaba rosas, collares, recados aconsejándole no fuera torpe ni echara por la borda su carrera. Pepe estaba seguro que una tarde, o cualquier día en las locaciones de alguna película, en las cenas con los productores, ella aceptaría su error —como de seguro planteaba insistente don Gre—. Aceptaría que la única persona capaz de guiarla era, es y será don Gre, ese don que escondía la mirada cuando en los pasillos de los Churubusco se topaba con José. Bajaba el tono de la plática al verlo entrar al restaurante, hasta que una vez, antes de que hubiera siquiera un intento de diálogo, se escuchara la voz del magnate silbando como serpiente:

—Déjala, es mejor para todos —acompañando lo dicho con una primera y única mirada larga, intensa, que dejó sin respuesta, oprimido, al entonces ya corpulento José Baños.

Quizá fuera esa mirada la que convirtió a José en un rebelde fogueado a tenor de las batallas verbales con la Aguilar, lo que lo animó a cruzar, años más tarde, la frontera por Tijuana. Esas miradas y palabras que contribuyeron a la destrucción cotidiana del matrimonio, porque a raíz de ese fugaz encuentro con don Gre, a Baños le dio por lucirse con las coristas, con las vendedoras de cigarrillos en los cabarets, y una vez, al entrar al departamento de Polanco, y ver que Elsa aún no llegaba pese a ser casi las tres de la mañana, se dio un largo baño, para salir desnudo —como años después lo haría en la casa de Liz en Los Ángeles— a beber coñac, y con la copa en la mano entrara a la habitación de Felicia, quien sin pronunciar palabra o grito, o siquiera moverse, lo estuvo observando bajo el quicio de la puerta, con la luz a su espalda, desnudo, con el miembro rígido, sin hablar, atisbando la oscuridad de la habitación donde él sabía que Felicia estaba acostada, observándolo en ese juego de miradas que no repitieron, ni tampoco mencionaron —como si no hubiera sucedido— salvo que él, en uno de los últimos ataques de ira, lo platicó a gritos, a jirones, describió unos ojos —los de Felicia— llenos de deseo, una añeja complicidad con la secretaria, quien bajó la cabeza y dijo hablando para alguien sin rostro:

—¿Yo seré capaz de hacer eso?

Elsa Aguilar, tocada con uno de los turbantes que tanto le agradaban, caminó callada para acariciar los cabellos de su confidente. Siguió hasta su habitación cerrando la puerta. Los dejó a los dos solos como si deseara enfrentarlos, pero no sucedió porque él, sin darle importancia a los ojos furiosos y llorosos de Felicia, trató de forzar la puerta de la recámara exigiendo a gritos la salida a ¿escena? de la actriz. No hubo respuesta ante un Baños insultativo que pateando la puerta amenazara con armarle escándalos a dónde se parara, ya fuera trabajo o restaurante, la tachara de frígida, de invertida, de manipuladora y chantajista, pero viendo la inutilidad de sus actos, saliera del departamento.

Entrada la noche —después de meterse al cine y tratar de calmarse— regresó al penthouse. Desde la esquina vio un par de autos llenos de agentes. Los hombres nada hicieron salvo enderezar los cuellos, porque él se mantuvo firme aun sabiendo que dentro se encontraba don Gre. Las chapas de la puerta habían sido cambiadas —como sucedería años después en el departamento de Los Ángeles. Los hombrones vigilaban esperando que a José le entrara alguna mala ventolera. Él fingió una calma lejana de sentir y volvió a su auto. Adentro se mantuvo a la espera de algo nunca definido, quizá que ella hiciera su aparición y así ambos olvidaran todo. De improviso arrancó el motor, sin pensarlo dos veces, pero sin saber la causa por la cual escogía el sitio, se fue al hotel Roosevelt, de la Avenida Yucatán, donde pasó las siguientes semanas, a donde le llegaron sus ropas y objetos, de donde salió para alquilar un departamento en la Cuauhtémoc en donde meses más tarde recibiera los papeles del divorcio.

IV

Sabe, porque lo siente lo sabe, que existe algo más allá del simple deseo de conocer de cerca a Marilyn Monroe. No es sólo ese hálito que toda estrella tiene como parte de su personalidad, sino porque hay en Ella un fulgor que lo abate, lo envuelve tendiendo rampas a su imaginación al verla desnuda, mostrando las redondeces de las nalgas, tumbada sobre esa tela roja, con la mirada ingenua, el cabello halando las manos de él que desea meterlas en las profundidades de esa mata, para después tenderse junto a Ella y quizá cantarle al oído melodías de alivio, bravías, de amores rotos, de amantes dolidos, de besos furtivos. Relatarle trozos de cintas recién iniciadas, de filmaciones en sitios lejanos. Pegar su boca a la curva de la espalda y quedarse dormido con el calor de la piel, con el olor de ese cuerpo emitiendo los vahos de sudor que acompaña a toda pose por largo tiempo forzada.

Una foto que es la figura central del departamento de la calle Río Nazas, amueblado con objetos que los amigos le fueron regalando, al mismo tiempo que disfrutaban de ese leonero digno de alguien que quiere destacar en la industria —dijo Pablito Díez, originario de Toluca— la capital del mundo americano, como siempre expresaba al momento de ser presentado.

Ese Pablito que Baños conoció al lado de algunos actores, Armando Calvo, Jorge Mistral, don Ángel Garaza, los tres españoles, igual que el padre de Díez Moreno, como la voz ceceante de Pablito marcaba en ese soy mexicano pero la península manda en mi casa, mi hermano, si le salgo a mi padre con una mexicanada capaz que me quita los millones que ya me tiene prometidos, mi hermano, y como dijo aquél: Madrid bien vale un ceceo, pero en fin, eso molesta a algunos carajos que andan como si el follón de Hidalgo todavía anduviera de jaleo con los gamberros, el mundo es un pañuelo donde el ceceo es parte de cualquier patria.

El departamento semivacío de la calle Nazas le recordó —como habría de hacerlo mientras trabajaba en el burdel de Tijuana ahorrando para el regreso a Los Ángeles— que Gabriela se había llevado gran parte de los muebles poco a poco juntados. Tuvo la presencia de la jovencita de cuerpo duro, caminando con los pies hacia los lados, con lo que demostraba sus años de aprendiz de bailarina. El olor por falta de aseo diario no correspondía a la figura de la muchacha, ni la dejadez en objetos y arreglo de la casa, mantenida ahora en ese caos por su nueva inquilina-esposa-la gringa Lucille, la mujer que trabaja fuera todo el día, esa misma que al ocupar su papel de ama de casa, dijo al entrar por primera vez al departamento:

—Lo antes sucedido aquí no es de mi tiempo, trato de entender por lo que un hombre ha pasado cuando se tiene a una loca por esposa.

Por algún tiempo José Baños vivió con una mujer, Lucille, pero creyendo que vivía con dos, porque si bien ésta llegó después de Gabriela, la forma de llevar la casa por parte de la norteamericana —de igual nombre que la inmensa Ball— se igualaba tanto a la niña Gabriela, que parecía doble, con la diferencia en la forma de hacer el amor y en las maneras de pronunciar las palabras.

No deseaba en ese momento ponerse a vivir y convivir con los recuerdos de Gabriela —jovencita de nariz chata— porque no era el momento apropiado aun cuando Lucille anduviera en la calle comerciando con bienes inmuebles. Era el momento adecuado para hablar con Pablito y preguntarle si contaba con su apoyo en los gastos en caso de poder tener un encuentro con la Diosa a punto de llegar, porque ahí estaba otro problema, quizá el más fuerte, el que siempre lo hizo quedar mal: diferente gallo hubiera cantado de tener el mismo dinero que don Gre, y combatir la plaza de Elsa con las mismas armas que el capitoste, y tiempo después haberle dado a Gabriela lo que ella pedía con su voz en monosílabos, con su risita entre neurótica y ausente. Claro que se acordaba, el hecho de no querer ponerlo en lo vacío del departamento, no significaba no tenerlo a flor de recuerdo. La presencia de Lucille le quitaba algo de ese amargo sabor al recorrer los pasos siguientes después que una noche, como si quien mandara fuera Pablito y no Baños, el español-toluqueño habló desde El Perro Andaluz y dijo que estaba en compañía de unas bellas muchachitas y ellas deseaban conocer a un cineasta de la categoría de José Baños, de tal manera que, armado con lo necesario, incluyendo lo n-e-c-e-s-a-r-i-o, se trasladaba al depa de Nazas a seguir una charla por demás interesante.

Y ahí se presentó la que meses más tarde sería la tercera esposa de José Baños, dedicado en cuerpo y alma a la industria del cine mexicano, hombre marcado con la letra negra de la exclusión ya que, pese a los casi dos años de divorcio de Elsa Aguilar, la venganza de don Gregorio seguía en pie, quizá, como una vez le dijera el jalisciense Bermúdez:

—Esto se debe más a la desidia de la gente que escuchó la orden del señor y nunca se ha puesto a preguntar sobre la validez de esa instrucción una vez devuelta la prenda del litigio sexual. Después se dio a platicar una anécdota de cómo se tergiversan las órdenes de los poderosos: el presidente López Mateos, durante una gira en San Luis, descubrió entre la gente a un antiguo y querido amigo, el doctor algo. El presidente preguntó la razón por la cual el tal doctor no había ido a saludarlo a Los Pinos y el médico contestó que él realizaba un trabajo de salud en una parte remota de la sierra. Don Adolfo lo conminó a que a la brevedad fuera a México porque deseaba charlar con su amigo. —Pasaron los meses —prosiguió Bermúdez— y durante un acuerdo entre el presidente y el gobernador de San Luis, don Adolfo le preguntó por su amigo el doctor, que le encargaba al gobernador convencer al médico de que el presidente lo quería ver en Los Pinos. El gobernador giró instrucciones al secretario, éste a otro empleado y éste al jefe de la policía, quien partió con un destacamento en busca del doctor que fue aprehendido y confinado a una cárcel. El doctor ahí estuvo durante meses, y en una siguiente reunión el presidente le recordó al gobernador lo de su amigo. Al llegar a San Luis el gobernador inquirió al secretario, éste al empleado, quien a su vez preguntó al jefe de policía y éste se fue a la cárcel a sacar al doctor. Cuando el médico regresó a su comunidad en la sierra, le mandó una carta al presidente contándole lo sucedido y pidiendo que se olvidara de su existencia. Así es esto —terminó Bermúdez con una mirada lineal a través de los lentes verdosos.

Por inercia, o por rencor aguerrido, José subsistía haciendo trabajitos oscuros, corrigiendo textos sin que se supiera quién era el autor, ayudando en tareas que en nada servían para darse a conocer en el medio, aun cuando casi todos supieran que ése y ése y ese otro trabajo era de J. B., como empezaron a decirle los allegados a la industria y como años después le llamarían en los Estados Unidos. Para entonces ya la figura del ex presidente Ruiz Cortines era sólo motivo de habladas donde la habilidad veracruzana había llegado a la primera magistratura en un acto de redención burocrática, porque don Adolfo, el joven, con su presencia en una forma novedosa de construir la política, justificaba lo moderno de un México que andaba dando quehacer en el mundo —según elogiaban sin cesar los periódicos— y eso tenía nervioso a José porque estaba seguro del momento: existían las condiciones para hacer un cine acorde a la filosofía de un régimen que buscaba convertir en anécdota lo pasado y alzarse a conquistar los foros en otros países, como lo estaba haciendo López Mateos, el presidente que rompía con los cartabones rígidos del poder nebuloso en cuanto a presencia, dándole a su vez una ferocidad de *set* cinematográfico en cuanto a resultados. Eso dijo, palabras más, mentiras menos, sonrió tocándole la barbilla a la joven, ¿cuántos años? ¿Veinte, veintidós? que escuchaba la charla de un José sorprendido por la belleza de Gabriela al entrar en compañía de Pablito y de otra muchacha cuyo nombre ha borrado del escenario de una —su— película. Al verla sintió que los años de andar a salto de cama, a trepidar de sexo, a cascabelear de aburrimiento, se cambiaban por una especie de excitación caracoleada en la carne, por eso no objetó que Pablito se mostrara como dueño del sitio sólo porque muchos de los gastos los cubriera el español-toluqueño que amoldaba su cuota al pago tal, o a la compra de algo.

En aquellos años, como hoy, el departamento presidido por la inmensa fotografía de la Diosa, contenía un par de sillones, tres sillas, una mesa que igual servía para comer que para apoyar los papeles donde José escribía sus trabajos, donde ideaba las películas por venir, donde soñaba enroscado en líneas y trazos de futuros *sets*, de presuntos *castings.* Un descascarado refrigerador, un número variable de vasos, y un mueble que igual podía usarse de cantina que de archivero para acumular la colección de planes.

Pero al parecer nada del sitio fijaba la curiosidad de Gabriela Antón, quien expresó que su apellido era cantado por el español-toluqueño en una tonadilla medio lépera que hablaba de un Antón errante en una alameda donde se presentaba un viejón que se llevaba —no sabía a dónde— a las chicas —repitió Gabriela, para que de inmediato Pablito se levantara poniéndose a cantar y bailar como si estuviera interpretando —en el mismo Ferrol— una jota gallega. En aquel momento José Baños no supo si las jóvenes habían sido ligadas en El Perro Andaluz o eran ya conocidas de Pablito, pero no le importó y menos cuando al despedirse Gabriela le dio sus teléfonos y después, con palabras cortadas, como si le faltara el aliento, dijo: en realidad ella siempre había querido ser bailarina de puntas, aun cuando estaba consciente que sus mejores épocas ya habían pasado.

—Ja, ja, —ironizó Baños— si estás en tus mejores momentos.

Él creyó ver una mancha ruborosa en la cara de la chica: de cejas fuertes, ojos picantes, piel suave, sin ninguna arruga, sin ningún afeite. Un cutis tan terso como de seguro lo tiene Marilyn, aun cuando no es lo mismo una mujer de veinte años, que una de casi treinta y seis. Se desgasta la carne, se vuelve tiesa como las mismas presiones aplastando a un ser con la actividad de una artista. Subir y bajar de los aviones. Dando continuas entrevistas de prensa. Asediada por miles. Reclamada. Buscada por príncipes, por reyes, por presidentes, como el de allá ¿y el de acá? Sometida a caprichos de sus publirrelacionistas. Maltratada por los horarios, por las exigencias sociales. Fingiendo una risa mullida, para que al fin del día se quede sola y se dé cuenta que todo es como un *set* pero sin que nadie grite:

—¡Corte, nos vemos mañana a las siete!

Eso José lo sabe sin siquiera haber visto de cerca a la Mujer de Platino. Lo sabe porque se lo dice una lógica aprendida en las barriadas, en los cines de circuito, en las pláticas con su amigo Bermúdez, en las charlas circulares con Elsa —las contadas ocasiones en que ambos hablaron sin reñir—. Lo sabe porque es pan diario en los estudios de cine. Lo sabe porque lo intuye, lo siente en la carne al pensar en Marilyn, en que la expresión de los ojos de ella lo relata a cualquier persona que tenga la sensibilidad de entender esa tristeza que Norma Jean Mortenson carga, y que Marilyn Monroe no oculta por más pintura que repase las arrugas, por más líneas que marquen los ojos, por más *rouge* que dibujen las entrañas.

Por eso la ama, la sufre, la investiga, le pone veladoras a la fotografía inmensa que adorna una de las paredes del departamento de la calle Río Nazas y que no quiso quitar ni cuando ahí llegó a vivir Gabriela Antón.

V

La noticia ya confirmada. La lista de algunos de los actos para darle la bienvenida a la Monroe. La soledad del departamento, con la ropa sucia de Lucille debajo de la cama, las manchas de los líquidos haciendo rondanas en el cristal de la mesa. José Baños sentado, en calzoncillos, con un vodka y el contenido de un papelillo de cocaína. El montonal de periódicos desarmados en el suelo, así estaba el hombre pensando en la estrella, por ello no se fijó que la tarde andaba pardeando y la luz apenas remarcaba la fotografía del sitio de honor de la casa.

No tenía un plan definido, porque él nunca había sido de planes fabricados o siquiera de frío razonamiento. Se basaba en la pura sensibilidad, en tocar los instrumentos de oído, al simple latir de la inspiración de acuerdo a cómo se presentaran los acontecimientos. Baños estaba seguro: que con un poco de ganas y de artimañas, cualquiera podría acercarse a la estrella, pero llegar hasta una verdadera cercanía, eso no era sencillo, y de ahí vinieron los razonamientos sobre el sistema a seguir, sobre las formas a adoptar para no convertirse en un gritón más, en un fanático delirante que se desmaya al ver la proximidad de quien ha estado en las pantallas y tan lejos de la realidad de un país, de una ciudad que ahora se recarga en la tarde, de seres como él que han amado a Marilyn sin esperar nada a cambio, sí, pero ahora, cuando existe la posibilidad de hablarle, de verla, de sentir sus manos, recurre a la súplica divina para recordar si alguien en este mundo —por lo menos en su mundo conocido— le ha sido tan leal a la estrella. Ha sido él, ni siquiera el jalisciense Bermúdez quien al oír la noticia dijo: es agradable saber de la llegada de la Monroe, pero él no estaba de humor para andar de cortesano oliéndole los humores a ella y a una bola de lambiscones que de seguro andarán como perros tras el hueso de la pura aparición en la foto.

—Eso es lo que buscan, nada más salir en la foto y después contar lo inimaginable, al fin que no habrá dama ni estrella, ni marido ni magnate, que lo ponga en duda. La pura foto, eso quieren —remató airado y en seguida recitar un fragmento de una poesía anunciada como del gran Miguel Hernández.

El recuerdo de la voz de Bermúdez, la media oscuridad de la habitación semidesolada, el cuerpo plantado en la foto, le hizo esnifar de un solo tiro, jalar un trago largo de vodka y ver —en una película pasando en la pantalla de las paredes del departamento— la figura semi inclinada de Gabriela, sentada en esa misma silla que él ahora ocupa. En cámara lenta ve mover sus manos —mientras José le insiste en que no debe tener miedo al tomar una decisión importante.

Eso sucedía un par de semanas después de que Pablito Díez llegó al depa acompañado de dos mujeres, una de ellas Gabriela, que no quiso quedarse a dormir sin tomar en consideración las acciones de Pablito y la otra, quienes se metieron a la recámara. Gabriela le tocó el miembro, y él entonces pensó que el asunto ya no tenía vuelta de hoja, era sólo cuestión de minutos, pero no fue así, la muchacha insistió en que debía irse y si Pepe deseaba verla de nuevo, le dejaba ahí su número de teléfono.

Ahora la tarde se ha ido, la presencia de la Monroe devasta todo. Pepe no se explica la causa por la cual tiene que recordar a Gabriela Antón, pues si bien la chica se mantuvo en la firmeza de la negativa un par de sesiones más, tampoco él tuvo por qué decirle que le encantaría que ella se mudara al depto de Nazas y la Antón primero sacara a relucir el cúmulo de amores fracasados, las mentiras de que había sido objeto, los muchos hombres pidiendo lo mismo que después exigen, o lo peor, desprecian.

—¿No serás tú igual?

Para entonces, después de casi sacarle las palabras con tirabuzón porque Gabriela siempre miraba sin platicar, José supo que la chica —ventiún años, por fin supo la edad— desde los diez y siete vivía sola, se había casado una vez, tuvo varios amoríos, en especial con un hombre muy rico, de más de setenta años, dedicado al negocio de la exportación, y ella sospechaba andaba en algo del narcotráfico.

—Lo quise, y cuando se quiere de esa forma, se disimulan las cosas. El señor ése —sin mencionar su nombre— la usaba como mandril, la obligaba a masturbarse, le introducía objetos en la vagina, zanahorias en el ano, y la forzaba a que la esposa de él viera lo que hacían.

—Cuando se quiere, se acepta demasiado.

Después de la propuesta para que ella se mudara a la calle de Nazas, y de la negativa, José pensó: Gabriela iría a ocupar el lugar de las otras, las que Pablito llamaba las pica y huye, y Bermúdez las de necesidad por valor a currículum. Por eso resultó sorpresivo —lo que le llevó a sentir el brinco en el estómago— que ella hablara por teléfono para preguntarle —como si se tratara de una salida a cenar— si la oferta estaba en pie.

—Por supuesto.

Gabriela hizo su arribo al depto de Nazas cargando una valija azul chillante, maltratada, deportiva, unas bolsas del supermercado, un morral inmenso. Llevaba una falda larga y unos huaraches, y sin explicar nada antes, sin relacionarlo con otro asunto, dijo: llegaba con el ánimo dispuesto a ser feliz. Así, en singular. Como singular fue la relación —pensó José— antes de beber otro trago de vodka acelerado por la coca, y mirar los espacios del departamento en el que vivieron cerca de un año.

Una ocasión, después de beber en el Mallorca, se fueron al Tívoli porque Ricardo Cruz, en sus charlas, comentaba que no podían perderse el show de Coloma y Gema, o de Paty Hollyday y Gina Wayne, buenísimas, aparte de ser cueros extranjeros, hermanitos —insistía siempre el periodista. Por eso, con la voz de Ricardo en el recuerdo, entraban al Tívoli y fue cuando Pepe dijo de pronto: No puedo más.

En esa ocasión no iba el periodista, eran los dos amigos tratando de distraer a Pepe, insistente en su hartazgo de la jovencita ésa. —Ya no puedo más —repetía José en el Tívoli, mientras en el escenario Harapos albureaba a las coristas.

—¡Estoy harto!

Quién puede con ese paquete, quién lo aguanta —contestaron a coro los amigos— la mujer anda siempre en la luna, deja todo tirado, nunca se preocupa por la comida, se baña poco. Cuando la tarde empezaba a pardear, el ánimo de Gabriela tomaba rumbos desconocidos; por las noches se tumbaba en la cama hablando de suicidios, de una ley que permitiera el suicidio cuando el presunto así lo determinara. Gabriela respondía a base de metáforas festejadas con una risa rígida, extraída a fuerzas, sin dejar de ver el techo y acariciarse el estómago. Primero sorprendió a Pepe, después fue la clave comprendida sin saber cómo. Al oír la risa, Pepe se desnudaba, le quitaba la ropa admirando el cuerpo sin grasa, las piernas blancas, los pezones apenas insinuados sobre los pechos, en seguida se tumbaba junto a ella que jamás compartió la pasión de Pepe por el cine, como no lavaba la ropa acumulada en unos cestos de mimbre muy pronto insuficientes. Tampoco manifestaba deseos de hacer el amor, hasta que una tarde, enrabiado al oír su risa y ver su cara hacia el techo, él le bajó la cabeza —sintiéndose quizá un doble de aquel exportador ricacho— y la obligó a que le chupara el miembro, entonces ella salió de su letargo lanzando chillidos duplicados en su intensidad al beber el semen del hombre. —Me encanta— dijo cerrando los ojos sin abandonar el miembro de José, quien esperó que ella se durmiera para despegarse de su mano.

Cuando Gabriela colgó frente a la figura de la Diosa una fotografía ampliada donde se veía un camposanto desolado y ruinoso, Pepe salió a la calle y se metió al primer bar. Desde ahí le habló a Bermúdez. —Ya no puedo más, un día esta desgraciada me va a dar de puñaladas.

—O una mañana está muerta y entonces sí te metes en un lío que Dios guarde la hora —contestó Bermúdez alzando la ceja antes de citar un texto como de Calderón de la Barca.

Pablito dijo: él nunca hubiera querido que el buen Pepe se enredara con esa niña: alma de chamuco neurótico, pero cuando supo que se iban a casar se guardó lo que bajo otras circunstancias le hubiera dicho, contando una historia de niña fugada, de viejos cabrones, de un judicial abusivo. —Y ahí fue cuando José Baños penetró completito al *set* de la vida de Gabriela, a quien por cierto, terminó Pablito:— ¿No le has visto las cicatrices en las muñecas?

—Qué cabrón eres, Pablo —fue lo único que Pepe dijo antes de recalcar: quizá eso no fuera sino el tema de una película que alguien debiera filmar como un homenaje a esa divina casta de los suicidas.

Durante varios días José Baños se dio a recorrer bares y centros nocturnos, en especial los de la colonia Obrera: La Gloria, El Gusano, El Infierno. Comía en restaurantes de chinos y dormía en hoteluchos del centro de la ciudad. Una noche, ya cansado después de beber en La Burbuja, se refugió en un cuarto del hotel El Congreso. Al igual que lo sucedido años más tarde en Los Ángeles, andaba cerca del sueño cuando lo despertó el sonido de los golpes en la puerta; al abrir tuvo enfrente la punta de una pistola, atrás de ella dos tipos que sin más lo empujaron hacia adentro. Uno de pelo rizado, con aspecto de costeño, le dijo: si quería salir bien librado del asunto regresara a su departamento. El viaje se hizo en silencio a bordo de un Packard oscuro. A unas calles de llegar, el costeño repitió: el asunto no pasaría de un disgusto entre conyugues —así, sin acentuar la o—. Subieron por el elevador y, antes de entrar, el costeño le jaló la manga repitiendo lo de pleitillo entre conyugues.

La figura de Marilyn Monroe casi no se ve, la noche ha invadido el departamento de la calle Nazas. José Baños la puede imaginar desde la soberbia desnudez de la hembra. Debe seguir con el plan de aproximación integral, como él mismo ha llamado a lo que aún no concreta porque las sombras del reciente pasado han llenado los espacios de su espacio. Recuerda: en ese mismo sitio lo esperaba Gabriela de pie, llorosa, dijo: me voy, él era igual a los demás. El suicidio era la única salida. De la mano del costeño salió llevándose la maleta —igual a la de los futbolistas de tercera división— y muchas de las cosas de la casa.

Años después, mientras con la cámara revisaba la libreta guinda para tomar las fotos, recordaría los rostros de Bermúdez, Pablito Díez y el periodista Cruz escuchando a un José Baños que manejaba un megáfono inexistente, dirigía una cinta sin rodar, transcribía un guión aún no escrito, terminaba en un *close up* sobre el rostro de un hombre solitario esperando, como otras veces, la llegada de unos papeles que marcaban un divorcio.

—Uno más, mi hermanito —recalcó el toluqueño-español, cuando Pepe dijo: es tiempo de abandonar este escenario porque el rodaje debía seguir sin detenerse por pequeñeces.

VI

Él no era de ligues callejeros, pero algo le dio y sin pensarlo inició una conversación con la chica. A poco ambos bebían café dentro del Konditori ambientado por música de Los Platers. La muchacha era alta y bien formada, Pepe supuso podría ser el clavo que sacara al otro, y quedaron en reunirse de nuevo llevando a un compañero, Bermúdez, sin que éste dejara de refunfuñar porque eso de las citas a ciegas le resultaban odiosas, sobre todo cuando nos dicen que la amiga no es bonita pero eso sí muy simpática.

—Malo y feo nada más el demonio.

Pero fue, y a poco de llegar algo se estableció sin que nadie le pusiera reglas, Berenice entabló una charla con Bermúdez y la otra, la amiga, de nombre Mónica Mateos, se colgó del brazo de Baños como si las parejas hubieran sido acordadas así desde el inicio. Con tres divorcios a bordo, el último de ellos a menos de tres meses de distancia, a fines del 58, con el peso de un veto al parecer eterno, pero menos rígido que al principio, Pepe no deseaba enrolarse en otra relación que lo llevara a brincar de mentira a rabieta, o de cama a sueños cineros, por eso se fue con parsimonia en su amistad con Mónica, de senos grandes, y que a la menor provocación danzaba aplaudiendo la música guapachosa de Lobo y Melón.

Una noche, a instancias de Mónica, los cuatro, después de unas rondas de copas en el bar del hotel del Paseo, se dirigieron en el auto de Berenice a La Terraza, donde actuaba un negro cubano que se hacía llamar El Gran Fellobe y según Mónica: —Quizá no cante bien, pero lo hace con un estilo que te agarra el alma.

El lugar no era grande, ellos consiguieron una mesa cercana al escenario. Mónica hacía presión con su pierna sobre la de Baños. Éste pensó en su autoimpuesta soledad ante la obligación de cumplirle a la chica, que actuaba como si el cineasta fuera su novio. Frente a ellos Berenice estaba atenta a Bermúdez, quien manejando con prosapia el verbo inflaba la voz, dejaba escapar una risa entre festiva y flemosa, cuando en la mesa de junto se sentaron tres o cuatro hombres al parecer cubanos por la forma de pronunciar las palabras.

Sin anuncio previo, un rayo de luz iluminó la cara de un negro alto y de rasgos duros, de ojos inmensos manejados a tenor de los gestos del rostro llenando el escenario. Sin más, sin decir ni buenas noches, la orquesta inició la variedad. El negro empezó a cantar alargando las frases, cortándolas a momentos como si no quisiera que se entendieran sus palabras. Alzaba los brazos simulando ser simio, inflando de aire los cachetes, escapándose en fugas rumberas donde la letra de la canción era sometida al ritmo que poco a poco se trepó en los ánimos del público.

A José le agradó la desinhibición de Fellobe, que no paraba en nada con tal de conseguir el aplauso, ganado con estruendo después de descomponer o recomponer, eso de *mango, mango, mango mangué, rico mango el que le traigo a usté...* y seguir con un ritmo de *chuguá chuguá* que mantuvo a la clientela bailando en las sillas, incluyendo al jalisciense que con su figura delgada seguía el son como si estuviera rezando.

Al terminar no hubo negativa por parte de nadie en quedarse a la segunda variedad. José pensó que no alcanzaría a pagar la cuenta, pero en el retrete, Bermúdez, que orinaba con una pose igual que si estuviera dando clases en la Universidad Cinematográfica, dijo: las muchachas iban a cooperar con algo para limpiar las neurosis de Pepito. Sonrió para señalar: asunto cocinado. Baños se encontraba a gusto, por primera vez en mucho tiempo no sentía la amenaza de algo, ni siquiera tenía esa desazón que le causaba la proximidad de la conquista femenina porque no sentía la necesidad de que la chica cayera, por lo tanto disfrutaba de la noche y del canto intenso del negro cubano. A Baños le impresionó la forma de cantar de Fellobe y el rostro del negro. Una cara como si estuviera a punto de comerse al público, tragarse por las cuencas lo de su alrededor, hablando sin decir palabras y que por medio de la expresión de la cara, con los ojos como punto principal, platicara leyendas punteadas por la rumba. Un rostro cinematográfico —pensó antes de llegar de regreso a la mesa y ver ahí sentado al Gran Fellobe, quien se levantó diciendo algún chiste a manera de presentación.

Antes de la segunda variedad de la noche Fellobe era ya parte de la reunión entre los siete, porque en un momento dado los tres hombres que estaban en la mesa de al lado mandaron una ronda de tragos y después pegaron las mesas para integrar una sola fiesta. Eran dos cubanos: uno negro, de nombre Orestes algo, y el otro llamado Alberto Molina, a quien pronto los mexicanos le dijeron Abeto, pues era notorio que Molina —mulato, de pelo chino y de rasgos finos— no podía, o a propósito no pronunciaba la l y la r. Abeto para acá, Abeto para allá —le decían con risa los integrantes de ese jolgorio en el bar La Terraza. El tercero, un tipo gordo, canoso, de barba blanca, dijo ser uruguayo pero vivir en Cuba desde hacía un par de años y se llamaba Jordán, así, sin otro nombre. —Jordán para ustedes, mis cuates, como dicen los mexicanos—. A la salida Baños se fue con las muchachas, Bermúdez con los otros cuatro —incluido el Gran Fellobe— a buscar bebida en una tienda de Diagonal de San Antonio donde se podía comprar licor durante la noche. Se quedaron de ver en el departamento de la calle Nazas, donde Fellobe iba a cantar acompañado por la guitarra de Orestes, pero iba a cantar:

—Como yo siento las cosas, chico, no como me las imponen en los shows.

Era noviembre y el frío hizo a Mónica sentarse muy pegada a Baños. Los tres tarareaban algo de lo escuchado en La Terraza y entre canto y canto ellas acomodaron la letra de la canción a: esta noche no tiene fin, en sus casas creen que una va a dormir en la casa de la otra y ninguna tiene teléfono.

—Entonces la noche apenas acaba de comenzar —José Baños por primera vez besó largamente a Mónica sin hacer caso al comentario de Berenice. Seguían cantando al entrar al departamento y mientras los demás llegaban, arreglaron la casa y pusieron música. Meses después, Bermúdez y José Baños recordarían aquella fiesta. Se estableció una camaradería pese a que a Jordán le gustaba más conversar que escuchar las canciones de Fellobe, abriendo los ojos, dejando la voz escaparse sin más límites que el aire o la angustia de su sensibilidad.

—El *filing*, chico, eso lo trae uno por dentro, mi sangre —terminaba Abeto la oración después de decir eso de los hermanos y hermanas mexicanos.

La mañana andaba ya dando de brincos de las casi once cuando los cuatro invitados se fueron no sin antes intercambiar teléfonos y direcciones. Tres vivían en una pensión de la colonia Santa María y Fellobe en el hotel Casablanca. Quedaron de verse el siguiente sábado en La Terraza, y con fuertes abrazos José y Bermúdez los despidieron en la puerta. Al entrar de nuevo al departamento, se encontraron a las muchachas instaladas cada una en su habitación. Los dos amigos, haciendo reverencias y fingiendo despedidas eternas, entraron para que la mañana tuviera aún horas de más desvelo.

José vio a Mónica metida ya en la cama, se acercó, y levantando las sábanas contempló el cuerpo. Ella se había dejado las pantaletas, él aceptó ese rasgo de pudor para iniciar besándole los pies, chuparle uno a uno los dedos, y lo que principió con suspiros se convirtió en casi gritos porque la chica se estremecía en medio de sonidos roncos. Pepe seguía chupando los dedos. Ella entonces apresuró al hombre a desvestirse y mientras Baños lo hacía, Mónica se quitó la última prenda para después decirle que la violara, que la violara por donde él más tuviera ganas.

Las muchachas se fueron ya entrada la noche. Antes, durante el día, comieron mariscos en Playa Bruja. Mónica no deseaba ir al cine, prefería el depa para dormir la siesta —al decir esto tocaba la ingle de Baños—. Ellas se fueron casi a la media noche de ese domingo quedando de verse el siguiente sábado en La Terraza, como sucedió esa y varias veces. Una tarde Mónica cambió las reglas del juego: ella tenía un novio que insistía en casarse y no podía dejar pasar esa oportunidad. Baños por el momento no podía mejorar la postura del novio —hasta ese instante presentado en escena— pero después del lógico asentamiento de recién casada, podían seguir viéndose, con cuidado y con horario, porque ambos estaban seguros de que el novio no le iba a hacer sentir lo que ambos sentían en la cama. Mónica apenas hablaba por teléfono y se vieron un par de veces reafirmando las cláusulas de su entendimiento, pero quienes poco a poco frecuentaban más a los amigos fueron los cubanos y el uruguayo. Se citaban en La Terraza, en alguna cantina del centro, o los invitaban a fiestas de paisanos donde no se hablaba de política, de la llegada de Fidel Castro al poder, porque según decía Abeto, ellos no podían hablar de esos temas en un país extranjero.

Sin que José supiera lo que se iba a desatar, años después, durante alguna de sus muchas esperas, habría de acordarse de aquella noche en mayo de 1959, cuando Orestes y Abeto llegaron al departamento de Nazas diciendo que Jordán se había marchado a Colombia. Ellos también iban a irse ese fin de semana, tardarían en regresar quizá uno o dos meses. ¿Es posible que le pudieran encargar una maleta para que Pepe la guardara? Baños lo aceptó, ellos dijeron tener mucha prisa y bajaron para subir de nuevo con la maleta de cuero que Abeto colocó en el lugar indicado por Pepe. Dos o tres días más tarde, así, como no queriendo, le comunicó el hecho a Bermúdez que dijo:

—Los buenos amigos se dan en las malas, no es gran cosa el favor que estamos haciendo —lo expresó en plural, como si él también hubiera hecho algo por guardar la maleta.

VII

Sarita no aceptó la proposición del padre, condicionando su ida a dormir a un cuento que le platicara José, papá Pepe, con el desagrado del hombre que sólo torcía el gesto incapaz de repetir: era José, y no Pepe, para ella, quien era Sarita y no Sara.

No siempre se quedaba a dormir en casa de su padre, pero en alguna ocasión, como ésta, él la había llevado al cine a ver una función doble, y se le hacía cuesta arriba regresar a la hija hasta la Colonia Obrera donde estaba el departamento de la hermana de Satín, la tía Bertha, a quien se le hablaba por teléfono al tendajón de la esquina para avisarle que Sarita se quedaría con su padre.

La niña, morena y delgada, era muy parecida a la mamá, lo que llenaba de escozores al hombre, quien no se podía quitar la de su hija trotando por las calles cercanas al Panteón de San Fernando, en un collage de opciones, cada una de ellas más recargadas conforme el *zoom* de la cámara se acercara al rostro de la niña, deformado por los afeites y aretes descomunales. José Baños le compraba vestidos de tonos apastelados, la niña rechazaba los regalos porque según ella el gusto de su papá era de viejito. Sara Baños Maldonado, Sarita para el papá, y Sara a secas para ella, a quien le desagradaba el diminutivo de su nombre y pese a haberlo comentado con él, José nunca hizo caso: —Los padres siempre vemos a los hijos como nuestros bebés por más que crezcan y sean adultos, tú eres Sarita, no Sara, ésa es tu madre —repetía. En el asunto de los nombres ninguno dio su brazo a torcer, tampoco en el tema de los vestidos, con otros puntos que raspaban la relación: los continuos recados de Satín pidiendo dinero para los gastos de la hija.

—Enormes, a mi modo de ver —decía Baños a los amigos— colegiatura, vestidos, doctores, útiles de la escuela, carajo, y así una larguísima lista hasta con pasajes y golosinas, carajo, pero nunca veo que la arpía ponga nada para nada.

Si bien las visitas de la niña fueron pocas cuando José estuvo casado con Elsa, éstas se hicieron más frecuentes en la época de Gabriela, y se fueron acentuando cuando Baños ya estaba unido a Lucille, quizá porque la norteamericana —de cuerpo grueso y de pechos abultados— no mostraba rechazo ni aceptación gozosa, pues cuando la mujer se encontraba en casa y recibía a la niña, sólo preguntaba si llevaba alguna carta de la mamá, y como siempre la había, Lucille le indicaba a la chica entregársela a su padre una vez que ella se hubiera marchado porque le desagradaban los numeritos ajenos.

Las más de las veces Baños no completaba la totalidad de los pedidos, eso lo sacaba de sus cabales gritando sobre los desmedidos reclamos de la piruja esa, sin que la niña llorara como las primeras veces. Sarita adoptaba una pose de no es culpa mía, mientras el hombre paseaba por la estancia hablando de sus proyectos, pues al iniciar su película no habría lista sin finiquitar para beneficio de su hija, sólo de ella, porque lo demás era un pasado muerto sin posibilidades de ninguna resurrección por más que alguien estuviera rezando por ese milagro.

Cuando la niña se quedaba a dormir en el departamento de la calle Nazas, José se esmeraba en mostrar que entre él y Lucille existía una buena relación. Abrazaba a la mujer, contaba chistes, se paseaba por la sala cantando en voz alta, se disfrazaba de fantasma con una sábana, las llevaba de paseo a Insurgentes para que la niña viera la cascada de luces del anuncio de la Corona, la cúpula luminosa del Cine Insurgentes, el muñeco que echaba humo por la boca. Una vez en casa, al amparo de la foto de la Señora Dorada, él preparaba algo de cenar, casi siempre salchichas y refrescos de cola, pastel con helado y veían en televisión al "*Hombre de la Cámara*", con Charles Bronson, o "*Noches Tapatías*", del agrado de la niña.

—Mi tía va a comprar una tele, pero todavía no le alcanza, estamos juntando poco a poquito —decía con un tono de voz que Baños configuraba dentro de un pedido no planteado de frente, pero cuyas colas se notaban en el arrastrar de las palabras.

Eran las épocas en que con el sueldo de Lucille casi sostenían la casa porque el terco veto —nunca aceptado de una manera oficial— marcaba su dictadura, y los trabajos ocasionales se escapaban con la misma velocidad de los sueños aterrizados en las zonas de Nazas, las ideas sobre infinidad de películas se gestaban en todo momento, afloraban de cualquier frase, de situaciones cotidianas, se magnificaban con las pequeñas dosis de cocaína obsequiadas por el Piscacha quien, a cambio de un número determinado de gramos vendidos, regalaba a sus corredores una ración, misma que ponía eufórico a José, con el delirio desbordado y la turbulencia de los planes entercados más allá de las horas en que sin descanso hablaba.

José decidió ponerle veladoras a la fotografía de la Diosa. Bermúdez —bajando el tono grave de la voz, pero manejando las manos como actor en pleno escenario— contestó: toda imaginación alimentada por estímulos falsos, a la larga llevaría al consumidor a una crisis la más de las veces aniquiladora. Lo dijo así, como parte de una charla múltiple, pero a Baños le hizo pensar: más de uno sabía de esas dosis, clasificadas por él como circunstanciales, pero nunca definitorias ante su economía manipulada por Lucille, quien torcía el gesto cuando él anunciaba ir de charla con los amigos al Mallorca, y los dos estaban conscientes de que era una petición monetaria, porque muchas veces se puede beber sin pagar, pero no se puede beber sin pagar alguna vez, por lo menos el consumo propio.

La noche del 4 de agosto del 62, mientras esperaba llamar por teléfono en el Ships, José habría de recordar las cartas de Satín, los ojos de Sarita escapándose hacia cualquier aparador, las ganas de no ser siempre un arrimado dependiente del humor de la gringa, el boicot de un don Gre feroz, terco en no olvidar pese a los años pasados y que Elsa Aguilar ya no fuera amante de planta del magnate. Los muebles viejos y de vario pinto se le enredaban como si cada uno de esos elementos —y otros que sin cesar surgían a cada momento, pero todos relacionados con dinero— vinieran a pellizcar rencores, a encabritar iras, pero también a creer que la mala racha debía terminar pronto, pues nadie puede pagar tanto sin después cobrar la factura marcada como hierro de ganadería.

Y esa oportunidad era fundamento colgado del jolgorio por la llegada de Marilyn, pues lo que la rodeaba, desde la fama hasta la idolatría, pasando por la oportunidad de estar en el centro de la noticia, le marcaba: nadie era poseedor de una idea más clara que la suya, pero sin saber cómo ponerla en práctica, de ahí que esa noche cuando Sarita se quedó a dormir, José Baños tratara de borrar la imagen de la niña disfrazada de puta, y sin más se metió al baño para esnifar la coca y que la mala cara de Lucille no le echara a perder lo que si bien no ha obtenido, está a punto de sacarlo del bache. —Los baches son parte de un lógico vaivén de la vida misma— recitaba Bermúdez como si estuviera ensayando un parlamento. —Nunca debemos pensar que existe la depresión sólo porque no tenemos el valor para echarla afuera. Nada de eso, debemos de saber convivir con toda clase de desventuras, entre ellas la depresión.

Baños movió la cabeza y en la oscuridad del departamento se le presentó el torbellino de imágenes, unas saturadas de tumbas en tercera dimensión, otras donde tropas revolucionarias defendían la plaza en contra del ataque del ejército regular. A veces descollaba el rostro de un hombre asesinando a otro que al caer herido aullaba para en seguida levantarse y repetir la escena enturbiada por el cuerpo de una mujer bañándose en una tina llena de hielos. Pero la imagen más recurrente era la encabezada por una niña con chapas multicolores. Portadora de una falda corta, con los ojos como arañas negras, caminando despacio en los rumbos de la colonia Guerrero, seguida por una vieja horrenda diciendo una retahíla de blasfemias, colocando a cada paso un enorme espejo para que la niña se viera, insistiendo en que el dinero se gana con el culo y no con los sueños, porque ésos sólo dejan crudas insatisfechas.

El Piscacha —a quien Baños siempre llamaba por su nombre y no por el apodo— dijo: las ganancias van de acuerdo a las ventas y a mayor número de clientes enganchados, son también cautivos. Desde ese momento José Baños pensó: el recurso de la venta de coca era sólo pasajero, quien se enreda en eso sólo sale muerto. Por tanto se fijó una tasa mínima de ventas, suficiente para cubrir sus gastos, porque estaba seguro que uno de los puntos que lo habían mantenido en el bache era la ausencia de las relaciones públicas. Y claro, atenido a las migajas de Lucille, a las dádivas de Bermúdez, pero en especial a las de Pablito, no era posible aventajar nada en el ambiente del cine mexicano, así, con las reservas del caso, fijó su sitio de *vendimia*

—como en broma él mismo llamaba a sus ventas— en el restaurante de los Estudios Churubusco, cerca, pero no mucho, de la mesa a diario ocupada por el Indio Fernández.

El director llegaba a eso de las dos y media de la tarde, se instalaba en la misma mesa, solitario, silencioso, se daba a pedir tequila tras tequila, a veces acompañados de un platillo, por lo regular de algún guiso enchilado, para después seguir con cuba y cuba hasta que alguien lo acompañaba trastabillante, o casi desmayado, a un auto de alquiler. En otras ocasiones el Indio permitía que un amigo, o un par de simples desconocidos, compartieran con él la tarde, pero eso no significaba que ese ayer convidado tuviera la posibilidad de hacer lo mismo al día siguiente, pues si el director no estaba de vena sólo gruñía a manera de saludo y era sabido que si la persistencia de sentarse a su lado continuaba, Fernández sacaba la 45 ahuyentando a los insistentes.

Por eso, y porque a José le resultaba difícil la compañía del Indio, no se acercaba a su mesa aunque de lejos saludaba ceremonioso al director, quien la mayoría de las veces no contestaba los saludos pues quizá ni se acordara de una noche en Acapulco, hacía ya mucho, cuando le había presentado a la bellísima Elsa Aguilar.

Baños no tenía una mesa fija como la del Indio, pero él estaba seguro que en un golpe de suerte, y poniendo en ello su talento creativo, tarde que temprano, y más temprano que tarde, iba a igualar a Fernández, con la única diferencia que a Baños nunca le iba a ganar la soberbia.

Mientras eso se diera, desde su sitio se daba a distribuir y cobrar por los cuatro o cinco papelillos de coca que era la cuota por él mismo asignada para no colgarse demasiado de ese *bisne* del que poco hablaba, ni siquiera con los de la peña del Mallorca.

No siempre las ventas en el restaurante de los Estudios Churubusco completaban la cuota, entonces con prudencia andaba a la caza de algún festín, o llegaba a las sesiones privadas donde se exhibían las películas sólo para grupos especiales, en la inteligencia que después de los tragos, al fin de la proyección, se aseguraba una fiesta en grande en casa de don Fulano, o en el penthouse de la estrella de moda. En esos sitios se manejaba con cuidado. Sabedor de las formas, de las jerarquías, buscaba la manera de comportarse sin comprometerse con los bulliciosos juegos eróticos, sin distraerse con los desnudos de las aspirantes a actrices —las más de las veces unas jovencitas de quitar el aliento al más mundano—. Pepe sabía: en el momento de perder piso y dejarse ir tras el jolgorio nocturno, se le cerrarían esas puertas que pulgada a pulgada se habían abierto como si el poder del veto estuviera ya cediendo.

En varias ocasiones vio a Elsa circular por entre la reunión como hada de más de cinco. Él estaba fuera del desliz de los celos, y ella fingía no darse cuenta de la presencia de Baños, quien al terminar su número de papelillos se retiraba con una dosis personal más alta, según él para que la adrenalina tuviera mejores cauces, y para que no lo abrumaran las peticiones de su hija.

De tal manera que la insistencia de Sarita para que el hombre le contara un cuento antes de dormir en la misma cama usada por Lucille y Baños, le dio la oportunidad de reconocer varios asuntos: la niña se iba a ir al día siguiente para regresar una semana más tarde llevando la carta de Satín y la larga lista de peticiones. Esa noche la gringa se iba a desvelar entre bufido y bufido porque Sarita iba a insistir en que su lugar era entre Lucille y su papá. La fecha de la llegada de Marilyn cada vez estaba más próxima y durante esa noche del insomnio triple, los sueños a ojo abierto del cineasta se iban a escapar por las imágenes de su vida en medio de los quejidos y los reclamos, encabezados por Satín y don Gre. Por el momento lo son, pero deberán dejarme de lado —se dijo sin cerrar los ojos, sintiendo el calor de la hija apretada contra sus costillas, sintiendo los brazos de la chica y sabiendo que el veto y los enemigos podrían cambiar, pero los escollos estarían siempre.

Se levantó de la cama y de puntillas cruzó la habitación tratando de no hacer ruido, las voces de ellas le indicaron estar alertas. Pepe les dio una explicación sobre una idea que se le había ocurrido y no deseaba dejarla de lado, era sólo un momento para anotarla, en seguida regresaba. Se metió al baño, usó uno de los papelillos, después se dejó caer varios tragos largos de vodka, directos de la botella. Prendió la luz y se estuvo escribiendo notas, citas, frases, dibujando escenarios, haciendo repartos en donde el nombre de Marilyn encabezaba todos.

Se vio dentro de una película con escenas de cabaret y de calles norteamericanas. Ellos dos, José Baños y M. M., caminaban por lugares saturados de gente y de ruido. Alegres saludan y mientras su acompañante, la Diosa, acepta tomarse fotos, él mira a lo lejos a Elsa acompañada de un viejo fofo y arrugado. La Aguilar desea dejarlo y acercarse a la pareja centro de las atenciones, pero el vejete le clava las uñas. Como salido de un ángulo no previsto por la cámara, en medio de un haz luminoso, el cadáver desnudo de una chica de piel muy blanca, de pezones integrados a los pechos, de ojos abiertos reclamando otra oportunidad, es custodiado por una anciana extremadamente maquillada, de garras manicuradas al acecho, lanza gritos, se revuelve el pelo, besa el rostro de la muerta.

Aguardó que el efecto de la coca y del vodka —triplicado por otros tantos tragos muy extensos— se transformara en secuencias más sencillas de captar, o que ese mismo efecto abriera la imaginación para crear los siguientes planos de su película, con la que todos sueñan, traen en el bagaje de sus ritos desde que se meten de cabeza al mundo del cine, a su mundo, al mundo donde reina la Señora de Platino.

VIII

Al entrar Dolores, un revuelo fuera de lo común se armó en el comedor de los Estudios Churubusco. Ella trataba de actuar con humildad pasando inadvertida, aun cuando los habitués sabían que ese truquillo era común entre las estrellas al llegar al restaurante y departir unos momentos con los compañeros. Baños levantó la cara, vio la figura de la artista. Delgada, con el maquillaje a tope, la sonrisa apenas en los labios, con ese aire desvalido tan comentado por sus admiradores. Bermúdez también la vio y sin perder de vista a la mujer murmuró estar frente a uno de los mitos más grandes del cine:

—La industria tiene que refugiarse en su pasado para darle sustento a su presente.

Dolores se encaminó hacia la mesa del Indio, éste se irguió de su silla, extendió los brazos en cruz, apretó el frágil cuerpo de la actriz, ésta hizo el mohín tan admirado por su público, pronunció algunas palabras atropelladas por la euforia del director al gritar: su reducto se engalana con la presencia de la mujer más bella del planeta, chingaos —y jalar a la mujer para obligarla a sentarse.

Desde donde se encontraban les era difícil a José y a Bermúdez enterarse de lo sucedido en la famosa mesa del Indio, ahora más admirada por la presencia de Dolores, quien aceptó tomarse un tequilita con Emilio, sonriendo contrita por los gritos de alabanza que el director lanzaba, por los recuerdos de cintas en donde ambos habían participado.

En el barullo hubo quienes se acercaron a saludar a Dolores y, aprovechando el viaje, hacer lo mismo con el Indio. Bermúdez se mantuvo en su mesa, no así José, éste buscó la complicidad de Dolores a quien había conocido meses antes durante la filmación de *El pecado de una madre*, donde alternaba con Libertad Lamarque. Los ojos de Dolores eran luminosos. Baños los observó de cerca, lunas batidas a rímel negro, en ellos algo acuoso existía, como si fueran a llorar por los elogios del Indio, o por los enormes recuerdos que cargaban. José notó en ellos un brincar de cuervos cuando lo miraron con fijeza, con muchas honduras, mientras la señora decía haber oído hablar muy bien del trabajo de... de ...

—José Baños, señora, uno de sus más fervientes admiradores —sin soltarle la mano, fría, pequeña, tensa como garra de halcón.

El Indio con la sonrisa-mueca invitó a que se sentaran. No definió a quien, lo que fue aprovechado por varios —entre ellos José—. Jalaron sillas, abrieron las sonrisas, desperdigaron los gestos amistosos. Baños se dobló para sentarse, la mano de Dolores seguía tomada de la suya. La charla giró entre las mil palabras de Fernández, las contestaciones apocadas de Dolores y el silencio observante de los invitados. La mano de la mujer ya no estaba junto a la de Baños aun cuando éste la recuerda —ahora lejana y enjoyada —moverse con parsimonia.

Algunas veces Dolores, la gran Dolores, como la catalogaba de continuo el director, fijaba sus ojos en la cercana figura de José, pero no hubo más. Ella dijo tener que retirarse cuando ya las peticiones de un tequila y otro y otro llenaban la garganta del Indio que seguía añorando escenas, anécdotas de amigos, locaciones lejanas, insistiendo sobre lo mucho que aún podían hacer en favor del cine. Nadie osaba interrumpir esa charla —casi monólogo—. José, de lejos, miraba a Bermúdez y con los ojos le pedía un consejo, quizá para intervenir, para contar alguno de los argumentos que le andaban bailando en la cabeza. Sentía también la cercanía de Dolores y de pronto se dio cuenta: la estrella era sólo una mujer cohibida, con las arrugas flotando arriba del maquillaje, una historia cargada con más necesidad que florituras.

—No se levanten, señores —murmuró Dolores al tiempo de incorporarse, frágil, endeble, como si fuera a volar y avanzaba hacia la salida rodeada del murmullo y los saludos. Por un momento, cuando ella le volvió a extender la mano, al verla de frente, sin que un solo cabello estuviera fuera de su lugar, José Baños creyó percibir en los ojos acuosos un invite a seguirla, pero él no resolvió la duda, más bien pensó en segundos: era mejor quedarse junto al Indio que ya había pedido una ronda más para todos los amigos.

—Porque hoy es día de fiesta, chingaos, esa mujer tiene algo que le falta a todas esas pendejas que se sienten estrellas.

Bermúdez, entre paciente y molesto, esperaba en el mismo sitio. Parecía que el brandy pedido al inicio de la tarde fuera el mismo asentado sobre la mesa. José, sin permiso, tomó la copa metiéndose el líquido de un solo trago. Miró a su amigo esperando sus palabras, pero éstas tardaron y fue Baños quien trató de relatar la gran experiencia de haber sido testigo de ese encuentro entre dos catalogados como monstruos de la cinematografía nacional.

—Actitudes de huele flatos —dijo el jalisciense—. Nadie pone en duda la grandeza de los dos, pero de eso a sentarse a escuchar un torneo verbal de elogios es perder el tiempo. Mira —continuó sin recuperar aliento— ustedes la hicieron de extras, ellos rodaron una escena, y cuando se cansaron de representar sus respectivos papeles el Indio gritó ¡corte! y todos para su casa.

José trató de convencerlo de que en ese negocio las relaciones públicas eran sustanciales, pero Bermúdez atajó la explicación diciendo que lo sucedido era igual a usar balas de salva en una batalla, porque ninguno de los monstruos se iba a acordar del nombre de los *extras* que *trabajaron* teniendo como sueldo unos tragos de tequila, además el Indio ni los pagaba, porque había órdenes expresas de la dirección de los estudios de nunca cobrarle al director por su consumo.

Sin decir más se levantó para marcharse y en ese preciso momento José Baños recordó: la cuota de papelillos de cocaína estaba sin una venta, y si deseaba cumplir con los compromisos, con la lista que de seguro al día siguiente —o a más tardar al otro le llevaría Sarita— necesitaba venderlos entre las personas que aún quedaban en el restaurante, pues de no haber venta, la porción de polvo entregada como sobresueldo se iba a esfumar y si deseaba usar algo de ello, estaría en el déficit al comenzar el día siguiente, y eso había que evitarlo a toda costa.

—El que entra a la zona del déficit, entra en el tobogán sin regreso —según palabras de Nabor Uribe.

Sin levantarse de la mesa, con la pura actitud, José Baños mostró que había terminado su rol de cineasta y entraba al de señor de la vendimia, pero quizá la tarde se hubiera quedado caliente, o los aún comensales no eran compradores, por eso, al rato, al calor de dos o tres tragos más, aceptó una invitación a casa de Guillermina Téllez, donde se daría una fiesta. Directamente no fue invitado por Guille, pero en el medio era costumbre que uno invitara a varios, así, en el auto de un ayudante de cámara —un viejo actor, a quien llamaban Grijalva, que se las daba de don Juan, pero se decía que eso era parte de su mentira cotidiana— se trasladó a la casa de la fiesta escuchando la conversación de quien hacía un repaso, no sólo de las películas donde había actuado, sino de las mujeres que eran o fueron de su propiedad.

José llevaba otros pensamientos diferentes al parloteo amanerado del conductor, éste exageraba en la calidad de sus papeles, cuando era sabido que Grijalva sólo había actuado haciendo escenas de comparsa bailable en las cintas donde el rock luchaba contra las comedias rancheras.

Con las luces del Distrito Federal pasando por las ventanillas del VW, José imaginaba los ojos invitantes de Dolores, la mano de ella aferrada al calor de la suya, las posibilidades de las buenas relaciones con los consagrados, con las opciones abiertas al cultivar con habilidad lo que intuía en Dolores, la oportunidad de que el Indio lo ayudara a filmar su película, pero en el centro del pensamiento —y de la voz afeminada de Grijalva— la necesidad de la venta era más fuerte, como lo era la obtención del *sobresueldo* que le permitiría, esa noche en la soledad de su departamento de Río Nazas, sentir cerca el cuerpo de la Diosa Rubia.

IX

No se acordaba con frecuencia de la maleta de cuero, habría de darle el valor adecuado mucho tiempo después, antes sólo la observaba pensando en la suerte de los amigos cubanos. Para entonces ya había pasado casi un año, y quizá, como Pablito señalaba, la turbulencia en Cuba, las declaraciones de Castro y del Che Guevara, habían cerrado los caminos a Orestes y al simpático Abeto. La maleta no había sido reclamada, y una tarde los amigos discurrieron sobre varios asuntos, en especial los del cine, para seguir con la situación política de México, algunos puntos sobre los discursos de López Mateos y de Moreno Sánchez, salió el tema de Cuba de inmediato transformado en los recuerdos de meses antes, sobre el paradero de Mónica y Berenice, quienes según Bermúdez de seguro andaban felizmente casadas.

Y así, como aquellas muchachas entraron en la charla del Mallorca, así también llegó el asunto de la maleta de cuero. —Jamás tuve la debilidad de abrirla— dijo Baños.

—No se trata de debilidad o no, mi hermano —manifestó con vehemencia el periodista Ricardo Cruz—, se trata de saber qué carajos te dejaron los pinches cubanos esos, porque a lo mejor hay un montonal de dólares o papeles muy importantes.

José Baños no quiso decir que lo del dinero ya se le había ocurrido, pero las apreturas del hambre no habían llegado a tales extremos de revisar lo que le dejaron en prenda confiando en el afecto de los hermanos mexicanos. Nunca aceptó que los pellizcos de la curiosidad, ni los empujones de la necesidad lo llevaran a abrir la maleta, nunca, ni siquiera cuando a mediados de 1960 Lucille se casó con José Baños en una ceremonia festinada por los amigos, y realizada en los jardines de una casa de San Ángel alquilada por Pablo Díez para dar cobijo a una cincuentena de personas, la mayoría de ellos gente relacionada con el cine, amén de unos periodistas y escritores llevados por Cruz, ensalzados como figuras, hermanitos.

—Es mi regalo de bodas, Pepe, espero sea el último casamiento, porque cuatro ya son muchos y en tan poco tiempo.

A Lucille la conoció durante una comida en El Perro Andaluz, la mujer, rubia, de esas gorditas que llenan bien los vestidos, de piernas duras y blancas, llegó en compañía de dos señoras más presentándola como un buen contacto para comprar y vender propiedades —la gente del cine siempre anda en búsqueda de casas gigantes o chalets junto a la playa— y como Lucille quiere establecerse definitivamente en México, desea armar una buena cartera de clientes. Pepe no le prestó mucha atención pero ella sí, según le confesaría meses después.

—Me gustó que no fueras el clásico lobo que quiere conquistar a cualquier mujer que se le ponga enfrente, ay, ésa es la experiencia que tengo con los mexicanos.

No le prestó atención en apariencia, porque sin mirarla, sin siquiera darle a entender que Lucille era el objeto de su charla, habló de sus planes, de la película pronta a rodar, del ambiente donde se desenvolvía, la casa de Dolores, en las propiedades de don Gre, los festines en el penthouse de Cantinflas.

Ella pidió los teléfonos para aumentar su agenda y al día siguiente Lucille le habló para invitarlo a un cóctel que daba en Coyoacán una empresa de bienes raíces, y que se llevaría a cabo en la casa de una mujer llamada Machila Armida. Fue una invitación con aires de relaciones comerciales, pero al llegar a la casona de la calle de Francisco Sosa, él bien vestido, con el cabello negro peinado cuidadosamente al desgaire, con las manos huesudas adornadas con una esclava de oro y el anillo que jamás empeñaría, José Baños se dio cuenta que la gringa lo presentaba como un importante miembro de la industria cinematográfica de México, y como algo muy suyo que no estaba dispuesta a dejar ir.

Lucille siempre estuvo a su lado. Al calor de unos whiskys Pepe se comportó brillante, discursivo, generoso con los conceptos maniqueos de la gringa y en un momento dado se escaparon de la fiesta pese a que en apariencia el tono de la reunión iba en aumento con la alegría desparpajada de la dueña de la casa, quien maquillada y esplendorosa en su vestido negro, con la gordura y el tiempo aún ocultos por la belleza, iba de un lado a otro animando a no dejar los vasos llenos, presionar a un licenciado, de apellido Romero —de quien se decía era secretario del presidente López Mateos— a cambiar el charanda por el coñac, y cantar a dúo con una señora bajita de estatura, de cuerpo bien formado, cabello peinado lacio hacia atrás, a quien los comensales aplaudían el menor gesto y le llamaban unos Lola y otros señora Olmedo.

—Es demasiado para mí —dijo Lucille al salir de la enorme casa. En el jardín, al fondo, aún se escuchaban las carcajadas de la dueña. Ella estuvo rondando a José casi desde su llegada, sin que el cineasta mostrara deseos de entablar charla. La dueña no dejaba ni un solo segundo su copa llena y vacía, siempre de champaña. —Mi nombre es Machila— y en un momento dado la mujer le entregó un papel con el número de su teléfono, rodeado de una nota breve sobre el horario para poder hablarle.

Al salir escogieron un bar solitario, El Altillo, donde José se dio a inventar leyendas coyoacanenses, a contar sobre la vida de algunos de sus personajes, de la llegada de Hernán Cortés, de la lava del volcán Xitle, de Diego, Frida y Machila —otra vez el nombre de la dueña— de la enorme casa de los Armida y su historia de religiosidad a ultranza —son temas de película— para terminar diciendo: con un paseo por la antigua Villa, Lucille podría conocer algo más sobre las muchas facetas del Distrito Federal. Ella a su vez platicó de los años de vivir en México, de un matrimonio con un norteamericano de Texas, su mal español y, al decir eso, él la conminó a realizar un experimento:

—Yo te enseño español y tú me ayudas con mi inglés ¿te parece?

Se quedaron de ver al día siguiente en el parque central de Coyoacán, de ahí se metieron a un café. Ella llevaba un libro de inglés-español con que inició clases, que continuaron en la habitación de Lucille rentada en San Ángel a una amiga norteamericana también, de nombre Elizabeth. Dos meses después, José Baños señalaba que las clases de inglés algún día le servirían para comunicarse con los productores en el mundo, por eso iba a seguir con esa idea. Para entonces las clases se llevaban a cabo en la cama de Lucille, hasta que en una ocasión ella dijo: Elizabeth se mostraba inconforme con la actitud de la amiga, y por otra parte era mejor compartir los gastos entre José y Lucille, así, por julio de 1960, la norteamericana cuyo apellido era Park, se mudó al departamento de la calle Nazas, donde las clases de inglés continuaron sin que la unión las clausurara, o las mediatizara, y un par de meses más tarde, concordando con las fiestas patrias —ella dijo que eso le daría una mexicanidad más intensa— Pablo Díez les regalara el costo del festejo llevado a cabo en el jardín de una casona de San Ángel, cerca de la propiedad de Elizabeth, que no asistió a la boda porque en esos momentos andaba metida en un negocio de artesanías que le quitaba todo todo su tiempo.

La cándida vitalidad de los ojos de Lucille se fue apagando conforme se dio cuenta que el ilustre miembro de la industria cinematográfica mexicana —como lo presentaba con sus clientes y amigos— se levantaba más allá de las diez de la mañana, se refundía mucho tiempo en el baño, donde revisaba los diarios, se afeitaba con calma chicha, para después peinarse una y otra vez —usando un poco de vaselina para el cabello—, la ropa limpia sin ninguna arruga llevándose hora y media en el arreglo personal, bebía café acompañado de pan tostado y se ponía a trabajar sobre la mesa en unos documentos que a ella se le hacían siempre los mismos. Antes de la una y media de la tarde, nunca después, se marchaba a sitios de los que jamás mencionó ni una palabra.

La norteamericana se dio cuenta que se había metido en camisa de mil varas, los ingresos de los bienes inmuebles seguían siendo los mismos, pero no los duplicados egresos sin que el marido cumpliera el acuerdo, al contrario —platicaba a su paisana Elizabeth quien desde sus casi 65 años, se alegraba de que las pasiones ya se le anduvieran muriendo en el alma y con ello evitar a esos mexicanos atraparla con su verborrea y lo caliente de su sangre—. Las palabras de su amiga la llenaban de miedo pues eso era precisamente lo que estaba sucediendo; Lucille notaba con claridad la manipulación de Pepe, porque cuando ella se encontraba al borde de la ira, con las ganas de largarse, él la llenaba de zalamerías, la agotaba con reclamos sexuales donde la lengua de él era un vértigo sin cesar, una calentura que en lugar de terminar se iba al infinito de sólo ver al hombre inclinado frente a su cuerpo, sentir las manos de él subirle las piernas, enroscárselas sobre los hombros y luego la lengua, rasposa, paso a poro, trecho a saliva, hasta que ella exigía a gritos no diera más rodeos y entrara.

Lucille llegó a Río Nazas con su ropa y unos adornos: cuadros de papel de amate; un árbol de la vida; tres calaveras de papel maché; un baúl de Olinalá. Quedaron de amueblar y adornar el departamento conforme fueran pasando los primeros días, sin quitar la foto de Marilyn Monroe que presidía la casa. Con diferente mirada ella revisó lo que Pepe tenía, antes era el espacio de su amante y ahora era su departamento de casada, distintos puntos de vista —se dijo mientras revisaba las pertenencias, y cuando preguntó sobre una maleta de cuero semioculta por ropa y periódicos, José Baños dijo ser un encargo de unos amigos sin decir de qué se trataba ni quién era el dueño.

Con la carta en la mano Pepe le dijo: le habían escrito sus amigos contando que los muchos viajes retrasaron su regreso a México, pero muy pronto estarían de vuelta, le mandaban saludos a los amigos —a ella no porque no sabían de la boda— y por último recordaban su agradecimiento por el hecho de que su hermano mexicano les hubiera guardado la maleta.

—Cuidado que son cándidos esos cubiches —recitó Cruz al calor de la charla y de los tragos en el Mallorca— ya ha pasado casi un año y ellos suponen que uno debe ser el guardián del paraíso cuidándoles la maletita, carajo, a veces a los mexicanos nos usan como putas.

Sin puntualizar el porqué del plural ni lo que a él le había causado molestia, quizá porque en ese momento se hablaba de las tensas relaciones entre Cuba y Estados Unidos, y Cruz, periodista de combate diario en las cantinas de la ciudad, pero en especial La Mundial, se colocaba del lado de los yanquis.

—Hermanos, son varias razones: primero, porque nadie les ha podido ganar, tarde o temprano seremos parte de su modo de vida, y segundo, porque desde la llegada del pinche Castro, los que acostumbrábamos ir a Cuba a disfrutar de lo lindo, debemos conformarnos con ir a Veracruz, y eso no es lo mismo.

Por ese inicio de 1961 empezaba el rodaje de *Los Hermanos Hierro,* dirigida por el maestro Rodríguez, pero producida por don Gre, de tal manera que Pepe supo que de no aceptar la propuesta de un tipo a quien le decían el Piscacha, por lo menos los primeros meses del año se los iba a pasar en ceros, y aunque le dio vueltas al asunto, una mañana salió del departamento antes de lo acostumbrado, se fue al café La Habana donde todos los días desayunaba Nabor Uribe, un nayarita medio calvo y bajito de estatura, siempre nervioso, como comadreja —alguna vez lo definió Bermúdez— que acostumbraba andar en todas las reuniones del cine mexicano y que en una ocasión, así, sin más, le dijo a José: cuando se le atorara la carreta, y en esto del cine se atora con mucha frecuencia, por ahí andaría para lo que hiciera falta.

—Porque uno nunca sabe de dónde puede brincar la fortuna que nada más anda buscando el momento bueno para repicar las campanas, y los tarados andan viendo cómo quitarle lo bonito del sonido al buen fario.

Establecieron el arreglo —a base de confianza mútua—. Uribe marcó los terrenos que debía abarcar— para no pisarle los callos a otros compañeros, es regla de oro, ¿eh? El Habana sería la oficina mientras no cambiaran las cosas. Porque en esto lo que es un día no lo es el otro, como asunto de cine, ¿entiendes?

En aquellos momentos José Baños no reparó en lo que más adelante pensaría cuando una noche regresaron los cubanos y después de saludos efusivos, de entregarle como regalo unos puros y una botella de ron, de darle recuerdos de Jordán que andaba por Sudamérica de nuevo, le dijeron que pasarían unos días en México y por fin le iban a quitar el estorbo de la maleta. Él presentó a una seria y enfurruñada Lucille. Ésta, después de escuchar un rato la conversación, regresó a su cuarto. Los tres hombres se quedaron unos minutos, y aunque Baños insistió en hacerle los honores a las botellas, ellos dijeron ir con tal prisa que dejarían ese gusto para otra ocasión, mi sangre.

Los acompañó a la puerta de la calle, se abrazaron como si apenas ayer se hubieran ido. Al entrar al departamento la mujer ya estaba gritando, diciendo que le había aceptado todo, lo irresponsable y mentiroso, pero que fuera un agente de la inteligencia cubana, era intolerable. Después lanzó parrafadas en un inglés de barrio, tan rápido que Pepe —pese a lo avanzado de las clases— apenas pudo entender. La furia de la mujer lo obligó a gritar, a darle una cachetada hasta que, tumbada en la cama y él sobre ella, le explicara: eso de ser espía era una imbecilidad, la ayuda a los cubanos fue un año antes y nunca relacionó nada con lo que ahora estaba pasando entre ellos y los norteamericanos, usado este término porque Lucille odiaba las palabras yanqui o gringos.

Los gritos e insultos de ella seguían en los límites de la respiración, entonces José Baños se quitó la ropa e inició los giros que ella más disfrutaba sin permitir que el sudor en los pies, el olor del día marcado en las plantas de Lucille le ganaran al esfuerzo por complacer a esa pinche gringa, yanqui, pinche gringa, se estuvo repitiendo para sí, mientras lamía lo salado, sintiendo en la lengua las callosidades de los dedos.

X

Lo sucedido a inicios de 1961 podría convertirse en una película, o en el guión que estaba necesitando para llegar hasta la Diosa. Lo mexicano no era comparable con las producciones de allá, pero José sí podía superar a Miller en *The Misfists*, consciente de lo esencial de la propaganda. El problema era llamarse José Baños y el otro Arthur Miller. Un nombre latino contra un sajón, de ahí las injusticias, la prensa dando cuenta y razón de los sucesos yanquis, pero nunca de lo sucedido del Río Bravo —y no Río Grande— hacia abajo.

A esa hora de la mañana la soledad en el departamento le permitía regresar cuantas veces quisiera a los sucesos del año anterior, ese 1961. Como si fueran trozos de una misma película podía observar que a fines de marzo del mismo 61, Orestes y Abeto llegaron de nuevo a Nazas llevando una caja de puros y dos botellas de ron. Lucille no estaba en casa, no tuvo empacho en destapar las botellas y darse entre todos a contar asuntos de cine, recordar al Gran Fellobe, según se decía, establecido en Miami.

—No quise tocar ese asunto —dijo más tarde, cuando reunidos en el Mallorca, contestó a la pregunta de Ricardo Cruz—, eran mis invitados y me pareció descortés preguntarles en cuál bando participaban, eso es asunto de ellos, no mío, sobre todo que ellos jamás tocaron el tema.

—Pues te están usando —dijo el periodista sin dejar de comer cacahuates.

—Eso quisiera saber, ¿qué puede interesarles un tipo que no se mete en política? A ver, ustedes que son tan mal pensados, ¿en qué pueden utilizarme?

Bermúdez dijo: por favor no pluralizara el asunto, esas dudas debía resolverlas el pinche Cruz. —Nos ha resultado un gusanito con patas.

Ricardo, sin perder aire, sin dejar de beber y comer, limpiándose la boca con la manga del saco arrugado, dio una serie de explicaciones sobre la situación entre Cuba y Norteamérica, intereses de ambas naciones, la cooperación de la Unión Soviética con Cuba, el papel de México, su doctrina Estrada, y de esto se derivaban una serie de acciones que, dadas las condiciones, por fuerza deberían de llevarse a cabo en el territorio mexicano. —De ahí que cualquier movimiento llevado a cabo por cubanos en México, pueda tener una connotación política, o lo que es más, un sello de espionaje, ¿eh?

Pablito y Bermúdez nada más movieron la cabeza y se rieron, mientras José pensaba en las palabras del periodista, y en que no era conveniente mencionar que los cubanos, al calor de los tragos y del afecto por los hermanos mexicanos, le pidieron por favor les guardara, hasta su pronto regreso, tres portafolios metálicos. Sin hablar del nuevo encargo José se refirió a la amistad, para él muy superior al trabajo de cada quién, de otra manera tendría que valorar las acciones de cada gente que se le cruzara por el camino, o bien, subirse a un púlpito y desde arriba decir quién estaba bien o mal, como si el juzgador estuviera limpio de cualquier duda. —Y no es así, Crucito, uno anda en la vida con el puro escudo del corazón.

Ante el silencio de los otros, el periodista armó una tesis sobre la conducta de Castro. —Ha traicionado a sus mejores amigos— terminó sin reírse y sin usar el término hermanitos. Bermúdez ya no se contuvo: Cruz olvidaba la historia, las agresiones yanquis y sus canalladas, el periodista estaba empapado en alcohol, o bien, porque desde la calle Lafragua le llegaba un sobre con el sello de la embajada yanqui. La discusión se convirtió en griterío donde los amigos manoteaban e insultaban las dos tesis. Bermúdez, el más animoso. Pepe menos agresivo. Pablito se encargaba de soltar puyazos a ambos bandos. A su vez Ricardo bebía enfurecido señalando: si a él lo compraba el dinero de la embajada, ellos eran paleros sin siquiera sueldo.

—Eso se llama dignidad —expresó de pronto Baños, para continuar diciendo: La mejor prueba de que estoy en contra de los gringos, es que tengo guardados unos portafolios de mis amigos cubanos, y si antes no me importaba el asunto, ahora lo tomo como algo personal, pinche Cruz.

Pablo Díez, el español-toluqueño, fue quien puso el orden. Llamó a la concordia de los amigos, no era justo pelear por asuntos ajenos a México. —Joder, es desagradable una discordia entre amigos, porque si de por sí tenemos contrarios, pues a imaginarse si entre nosotros nos damos de tortazos, mecachis.

La discusión se fue calmando, en un momento Cruz abrazó a Pepe y bebieron como si no hubiera pasado nada más a lo acostumbrado en el Mallorca. Pero no fue así, Pepe lo supo aquella marcada ocasión en que aún siendo marzo, Ricardo Cruz dijo: le habían pagado con una caja de Club 45 y estaba dispuesto a regalar media para bebérsela con sus amigos, si Pablito ponía las botanas, Bermúdez los refrescos y Pepe su depa, porque en casa de Cruz su esposa andaba como tigre engrifado desde por lo menos el día en que se casaron —remató soltando una carcajada.

En la espera del Ships Restaurante Pepe pensó sobre lo sucedido aquella noche de la reunión. Lo ha pensado muchas veces, antes y después de las charlas con el hombre de la embajada. Lo fue repasando desde el primer momento en que Cruz obsequiaba una media caja de brandy —con la fama de tacaño y aprovechado del periodista— y más se sorprendió al ver que no era media, sino la caja entera. También fue extraño que Lucille no refunfuñara ni siquiera cuando junto a la caja de Club 45, llegara también una amiga de Cruz, ésta presentara a otra más, y Pablito hiciera su aparición del brazo de una tal Lucha Rosales, que acompañándose con su guitarra, entrara con fe al bolero ranchero y a las baladas.

En varias ocasiones: en la espera del Sanborn's, durante el viaje a Los Ángeles, en la charla sucedida en Metepec, José Baños recordaría que fue una aceptable fiesta pese a los sucesos que la rodearon, y que con el tiempo se fueron aclarando: ver a Ricardo Cruz demasiado amable con Lucille y ella corresponder —lo que no encuadraba en la forma de actuar de ambos. Era quizá el producto de las canciones, los tragos de Club 45, las muchachas a las que José no quiso ni ver de frente para no motivar los celos de la esposa. La noche daría para más de las tres de la mañana, cuando Lucille, en un acto que en ese momento no alcanzó a medir, y formó parte de los sucesos, se dio por bailar sin zapatos mostrando las piernas blancas, los muslos gruesos, y al terminar el tercer o cuarto baile jalara a Pepe, pegando su cuerpo mientras al oído le decía de lenguas, chupetes en todas partes, posiciones en la cama, sin poner reparos a lo que él quisiera.

El sonido de la guitarra, los cantos múltiples y deshilados, las carcajadas en la sala del departamento de Nazas continuaron aún más tarde en que José sintió a una Lucille fuera de toda lógica, porque en lugar de ser el activo, ella fungió como si estuviera conquistando a un joven de la misma edad que años antes tuvo Pepe con una mujer llamada Satín. Nunca más se volvería a dar una fiesta como en aquel marzo del 61, y tampoco nunca más Lucille iba a tomar la iniciativa sexual. Aceptaba que José hiciera las cosas que aquella noche hicieron, pero sin usar la voz ronca para apresurar, ni para sugerir actos más allá de la calma ausente de la norteamericana. Eso lo recuerda porque hubo momentos en que Baños, iracundo, exigía una mayor respuesta: —No es lo mismo pervertirte solo que acompañado— le decía, y ella cerraba los ojos como si lo forjado sobre los pliegues y recovecos de la piel fueran un pago que debía realizar para justificar sus suspiros.

Si eso sucedía en casa, en las sesiones del Mallorca no se volvió a tratar el tema sobre las posiciones yanquis y cubanas, sin cancelar lo que en forma velada corría entre las palabras, porque de una forma o de otra, alguien echaba de cara a Cruz las acciones yanquis, como si el periodista fuera algo más que un simple partidario.

Lucille, enterada de los portafolios, nunca dijo algo al respecto, nada mencionó al ver que una mañana ya no estaban en su lugar. José no le contó que la tarde anterior, la misma en que sucedía la batalla en Bahía de Cochinos, un hombre llamado Fengue Gualen, bajito, de barba rala, muy nervioso, identificándose con una carta firmada por Orestes y Alberto Molina pidió le entregara los tres portafolios dando a cambio un recibo.

Lucille nada dijo ni él platicó lo sucedido, ni siquiera al recibir una llamada telefónica —llena de interferencias y de ruidos— de Abeto, quien después de saludar con cariño a su hermano mexicano, preguntó: *¿por casualidá, o por error, alguien había abieto lo poltafolio?* Baños mostró su sorpresa: los objetos de sus amigos eran sagrados. Quizá la respuesta a sus dudas podría darla el hombre que fue a recogerlos —Gua algo...sí, Gualen era su apellido— recalcó José, describiendo al enviado. La sorprendida respuesta de Baños hizo que el tono del cubano cambiara mandando *recueldo a lo amigo*, con un último comentario sobre una posible revisión del contenido de *lo tle encalgo*, lo que desagradó a José, que insistió en preguntarle eso al enviado, Fengue Gualen, mi sangre —rematό con sorna.

Desde ese abril y por todo el 61 José Baños no volvió a saber de los cubanos, tampoco Cruz insistía en defender la acción de los yanquis, cuando medio México se volcaba a favor de los invadidos y el otro medio se alzaba de hombros. No supo más de los isleños en ese año del 61. Ricardo Cruz se mantenía entre alejado y burlón. Tampoco volvieron a beber en el departamento, y menos a tener a Lucille como cómplice activo en las sesiones donde Pepe le besaba los dedos de los pies y la mujer gritaba como si estuviera fundida con las llamas de la piel del otro. ¿Por qué llegaban esos recuerdos de un año antes? Eso no lo supo como tampoco supo que el sueño, agitado, le entreveraba los muslos y la sonrisa de la mujer más bella del planeta.

Para entonces

I

Fabricado el gesto agrio y la mirada dura, buscando evitar una posible negativa, José le dijo a Lucille: al día siguiente iba a necesitar el Plymouth viejón, con placas tejanas, usado por ella desde que decidiera pasar una larga temporada en México y ésta se fuera alargando para quedarse en ese matrimonio. Baños estaba seguro que Lucille no le iba a negar el auto, él había aceptado que el Plymouth era de ella sin siquiera relacionarlo para cualquiera de sus planes, pero el inminente arribo de la Diosa Rubia cambiaba las reglas.

Un plan determinado por las circunstancias, pero básicamente fundado en la suerte conforme se presentaran los hechos, de eso estaba convencido. Era necesario vigilar el operativo, conocer los movimientos de la gente, saber cómo se comportaba la Señora, las causas de su viaje, y mirarle a los ojos. Baños estaba convencido de que casi nadie podía evadir la verdad si se le miraba muy adentro. Pero para poder llegar hasta el borde de los ojos necesitaba acercarse y echar la mirada, mantenerla para que José pudiera actuar en el momento adecuado.

Le era muy difícil prescindir del auto de un día para otro —dijo Lucille, mejor viera la posibilidad de usar otro medio y no su automóvil pues tenía un bonche de cosas; ahora, si en alguna otra ocasión Pepe deseaba usar el auto, que es para trabajar y no para diversiones, por favor avisara con tiempo.

La mujer cenó emparedados de jamón, estuvo un rato mirando unos papeles y después se fue a la recámara. Baños esperó que ella dejara la estancia para sacar la botella de vodka y darse a pensar al tiempo que bebía sin utilizar un vaso y esnifando el contenido de un papelillo. ¿Por qué todas las cosas, desde que tiene memoria, es decir, siempre, se le han dificultado tanto? Jamás le ha salido nada sin luchar como loco por obtenerlo. Los años de buscar un asidero que le diera un punto de apoyo más tangible que los sueños, porque trae una soledad al borde de no tener otra salida más que apretarle el cuello a la gringa imbécil, a esa vaca gorda que lo humilla, a ese don Gre que lo castró por años, a esas mujeres que satisfechas en la cama lo abandonaron, a los amigos que poseen mundos a donde él no ha podido entrar ni siquiera como invitado, y Sarita con la voz tímida reclamando juguetes y cariño, portando cartas inacabables que lo llevan a pensar en los cementerios de tumbas altas por donde Gabriela murmura poemas, o flotan los turbantes de Elsa, con su voz ronca tratando de cantar al borde de un bar con miles de pianos, las brusquedades del Indio y lo taimado de la sonrisa del periodista Cruz, enemigo de aquellos cubanos de ritmo tropical que dejaban encargos como notas de guaguancó echadas al aire de la ciudad. Con esa su película que debía realizar, forjada a base de escenas extraídas de malecones golpeados por las olas y gente aferrada a un refugio, para que al salir el sol apareciera la Diosa con su risa ancha, deteniendo su vestido blanco que se quiere ir a las nubes, y unos dedos ¿los suyos? reclamando el exterior, acariciando las piernas de la Diosa, sumergidos en los internos de ella que no lo mira porque su sonrisa abarca las lunas de la imaginación de quienes la admiran desde las salas de cine, del Roxy a donde primero fue de la mano de doña Amalia y después detrás de las palabras de Bermúdez, quien entra a escena: ¡corte!, es tiempo de salir del sueño, entrar a la realidad de la misma noche ahora cubriendo el departamento de la calle Nazas, el retrato de la Diosa tendida en la intensidad del color rojo donde la figura descansa sin descanso, sin dárselo a quienes la admiran, la siguen a punta de lengua, a porción de sexo, a retahíla de flores, a balbucear de imágenes. Como las que se meten en la estancia del departamento, lo acompañan hacia la habitación ya a oscuras, repitiendo el sonido de la respiración un tanto ronca de Lucille, cerca de los olores de un desorden cotidiano, muy junto a él desvistiéndose, recuerda a Felicia, se mira el pene erecto, y entonces repta por la cama, llega hasta la cara de ella, le huele los cabellos, le soba los pechos sin hacer caso de las débiles negativas, baja por el estómago, lame el ombligo, corretea por el final de la zona velluda del bajo vientre, sigue hacia los pies y los chupa, los lame, los entretiene en la lengua, al mismo tiempo que su mano va del ano al clítoris, de los pezones hasta que el dedo entra al recto y ahí se está, movido, arañando, jugando tiempos iguales a su boca que chupa uno a uno los dedos, y la gringa grita, se sacude, pide se meta, deje en paz los dedos y meta eso, dice tocándole el miembro, alto, señorial, reclamante.

Abrió los ojos antes de las siete. Sin hacer ruido, mirando a Lucille dormir con el cabello echado sobre la cara y las sábanas hasta la barbilla, salió de la habitación, tomó un baño rápido, afeitándose —en contra de su costumbre— fuera de la regadera, escoger una vestimenta adecuada: traje claro, sin corbata, zapatos cafés, calcetines del mismo color. Una y otra vez se vio en el espejo para en seguida, sin hacer un solo gesto, tomar las llaves del Plymouth y echarse a la calle. Llevaba poco dinero, un par de papelillos y la sensación picoteada en el estómago que necesitaba calmar con un café y algo de comida. No quiso meterse al sitio de siempre por la posibilidad de que Lucille ahí lo alcanzara, tomó rumbo al aeropuerto sabiendo, por información de Cruz, que el avión de la Señora llegaría a eso de las once de la mañana.

—Es TWA y viene de Florida porque pasó a saludar a DiMaggio —explicó Ricardo, sin decir las razones por las cuales la Gran Señora visitara a su ex marido beisbolista en el campo de entrenamiento de los Yanquis.

Baños conocía parte de lo relacionado con la Mujer de Oro. La mujer más bella del mundo había terminado su relación matrimonial con el escritor Arthur Miller, se hablaba de un romance con el presidente Kennedy, y que su grado de popularidad andaba tan bajo que en lugar de recibir dos mil cartas a la semana, sólo recibía cincuenta; todo eso, que para un fan como él debía llenarle de rabia, se convertía en puntos a su favor pues en el mundo las mujeres con bonos a la baja son las que mejores opciones ofrecen —pensó mientras entraba al aeropuerto en busca de un teléfono para decirle a Lucille lo del automóvil, pero al llegar al aparato se arrepintió.

Lucille sabe quién tiene su auto —se dijo al entrar a la cafetería no sin antes revisar el anuncio de las llegadas de los vuelos internacionales y ver la tranquilidad en los pasillos. A las diez de la mañana se dirigió de nuevo a la sala de recepción de los vuelos internacionales donde ya grupos de periodistas y fotógrafos escenificaban una serie de carreras y empujones. Baños se refugió junto a unas escaleras y desde ahí pudo ver cómo el grupo de gente aumentaba en el barullo. Sin tener una idea precisa José Baños supo: ella estaba por llegar. Lo sintió —midiendo el tamaño de la sorpresa— en el golpeteo en su estómago. De pronto se supo inerme y solitario, sin un plan, con los acontecimientos que lo rebasaban, clavado como pasto bajo una escalera y separado del gentío que alzaba la cara, se ponía de puntas para ver mejor, murmuraba y hacía corrillos cuando alguien decía haber visto a la estrella. A esa mujer que José llevaba en la sangre, de la que conocía cada una de sus películas, coleccionaba fotos saludando a los soldados, abrazada de Miller y Montand, tumbada desnuda sobre el trapo rojo, que lo había mantenido iluminado durante años y por fin, desde su refugio, palpitaba su inminente arribo anunciado con el remolino de los fotógrafos, las carreras de los hombres de seguridad, los empujones del personal de la embajada. Entre la gente, buscando ser el primero, José Baños pudo distinguir la figura desaliñada de Ricardo Cruz.

Salió de su escondite y se fue contra la muralla de gente, dio codazos, arremetió sin ofrecer disculpas, entró al centro del torbellino y de pronto la vio. Por un momento la tuvo enfrente. Era ella y su piel aduraznada; los ojos cubiertos por unos lentes oscuros; lo torneado de las caderas; los soñados pechos brincando al compás de la risa, de las poses para los fotógrafos; las piernas sin medias; el cabello entre miel de oro florido; la estatura media y los halos más allá de los flashes; los relámpagos que ella misma despedía. Era el sueño metido en otro sueño que a su vez sueña ha soñado lo que está viendo enfrente, escuchando su propia respiración por un momento acallada porque José Baños creyó que todo el aeropuerto se había detenido, la gente se convertía en cientos de extras, las luces se manejaban a propósito, él daba el pizarrazo y la orden para que la cámara iniciara la filmación.

M. M. siguió su camino, Pepe entonces salió de las apreturas, corrió hacia el estacionamiento y a bordo del Plymouth se puso en la fila de carros. Desde lejos pudo ver a la Gran Señora subirse a un automóvil negro y largo para que la caravana, seguida por José como si fuera parte de ella, se encaminara hacia la ciudad de México, crucificada de pasos a desnivel, de calles saturadas de gente, de pepenadores y puestos de fritangas, que seguro nadie mostró a la Monroe durante su viaje del aeropuerto al hotel Hilton.

Con la tensión metida en los brazos para no quedarse atrás de la caravana, José constató que la mujer y el montonal de maletas entraran al Hilton. Después se estacionó cerca y entró al *lobby* para ver a los reporteros y fotógrafos desperdigarse por el lugar. Un joven que portaba el gafete de "*El Universal*" le informó: dicen que la actriz descansará hasta la hora de la comida, las órdenes de la redacción eran no apartarse de ella. Baños dejó el hotel, se subió al auto para tomar rumbo a la colonia Guerrero, lugar asociado a los recuerdos de una Satín odiada siempre y más ahora por tratar de meterse en esos momentos tan de otra persona. Condujo hasta la calle de Luna y reconoció la vecindad donde había pasado su niñez, de donde su padre lo echara años antes, donde quizá la misma ropa se mecía en los tendederos y las mismas mujeres lavaban al fondo del patio.

Doña Amalia apareció en la puerta. Se le notaba la sorpresa en los ojos. Pepe apenas contestó los saludos de su mamá que, cohibida, seguía enrollando de arriba a abajo el delantal. Ella vio a su hijo, un hombre alto, bien vestido, agitado, abrazándola al tiempo que preguntaba por la charola de plata defendida por doña Amalia como parte suya ante los embates del empeño, no sólo del padre sino de muchos de los hijos, incluido ése, Pepe, que contestaba las preguntas con monosílabos mientras recorría las tres habitaciones de la casa preguntando por la charola de plata, labrada a mano, orgullo de doña Amalia, lo único dejado por su madre a su vez recibida por la abuela y ésta de una bisabuela lejana aun en el nombre.

La charola, amplia, de adornos labrados, estaba debajo de unos periódicos, y sin decir más, José Baños la tomó iniciando con ello la salida, farfullando explicaciones que la mujer delgada y con la cara un tanto torcida, de cabellos revueltos y con un fulgor en los ojos —a Baños le recordó sus mismos ojos— no acertaba a comprender. Por eso las preguntas, no sólo sobre la razón por la cual su hijo se llevara de esa manera la charola, sino la causa de su marcada ausencia rota de vez en cuando por un mensaje acompañado de unos pesos o de una canasta de Navidad. —Te juro que te la devuelvo en unos días, es algo de vida o muerte, por favor entiéndeme— dijo mientras corría por el patio de la vecindad y doña Amalia atrás de él, extendidos los brazos sin que Baños supiera si era para recibir otro abrazo o para que devolviera la charola protegida ya por las manos y pecho del cineasta.

De nuevo se estacionó cerca del hotel, sacó la charola, se fue al parquecillo de enfrente y sin cautela se dedicó a cortar flores y adornar con ellas la charola convertida en bandeja multicolor, aun cuando tuvo la prudencia de no cubrir por completo la plata para que ésta mostrara su belleza. Llegó a la administración y, en lugar de preguntar por miss Marilyn Monroe, pidió hablar con missis Newcom, Pat, Pat Newcom.

—Soy el licenciado Baños, de la Presidencia —dijo marcando muy bien las sílabas pre-si-den-cia. Altivo, serio, adoptando la pose de con esto es más que suficiente, porque vengo de un sitio donde las preguntas no tienen respuesta. Cargaba la charola como una propiedad íntima, no como un objeto manejado por un simple recadero, por lo menos así intentaba parecerlo desde la mirada fría, el rictus de la boca, el cuerpo erguido. Por un momento la mujer de la administración trató de decir algo pero José la miró con dureza para después girar distraídamente el cuerpo observando con pereza el *lobby*, sintiendo los tamborazos en el vientre, fingiendo ser un importante y aburrido funcionario que mira desde el Olimpo a los periodistas, donde por cierto, a primera vista, no se encontraba Ricardo Cruz.

II

Con la boca amarga, un tanto por la desagradable entrevista con Joe y un demasiado por el rescoldo de las cápsulas, se asomó por la ventanilla del avión para ver la enorme ciudad: gris y chaparra, abajo de unas nubes ralas y algo sucias. No habían sido muchas las horas de vuelo, a eso se debía agregar el transporte de Fort Lauderdale a Miami y de ahí a la ciudad que abajo del avión se extendía al infinito.

Pat, sin perder nunca de vista hacia donde los ojos de la Señora se dirigieran, hizo algún comentario sobre esa ciudad y su gente. La Señora tenía sueño y sed, pero sobre todo sed. Esa combinación ya conocida cuando la vista parece estar cansada, el cuerpo flojo y dentro hay una paz que obliga a dejarse ir por lo que alguien —en este caso Pat— le diga. La Newcom ha sido fiel a lo largo de tantos años, ha manejado con tersura a la prensa, ha sabido armar los escenarios para que los *affairs* fueran discretos y así no sacudir los celos mediterráneos de Joe y las silenciosas reprimendas de Miller.

Siempre hay una película corriendo dentro, una cinta que avanza con la velocidad que la Señora trae en la cabeza, un rollo de celuloide arrojando rostros, manos de hombres, deseos siempre a flor de chantaje, manipulaciones que la han orillado a fingir, a lanzar maullidos porque el del enfrente supone es lo debido, sin imaginarse siquiera que a Ella le pesa la falta de hijos, las noches sin sueño, las groserías de Frank, las presiones de la película, la edad, el ronquido de Robert, la abulia al soportar los monólogos de Jack que parece no poder desprenderse de las obligaciones encaradas en la multitud de gente interviniendo para armar las citas de Ella con el presidente, o en los guardias asomados por los cristales de la casa de los Lawford.

La zalamería aún no satisfecha de la azafata le llevó la última copa de champaña tibio. Con el trago en la mano, la Señora vio el rostro alargado de Joe al despedirla en Miami, la insistencia de él por tener un nuevo matrimonio ahora que por fin ha roto con el dramaturgo. Ve la nariz larga del jomronero, se dice que a Ella nunca le interesó el béisbol, extrañada de la pasión que el italiano despertaba entre los fanáticos ante la realidad de un hombre frío, insistiendo en que Ella aprendiera a cocinar espaguetis, sin valuarla ni como mujer ni como artista, importándole más sentarse frente al televisor a que la Señora triunfara o no en la película que estaba filmando.

Era necesario escapar. Irse a un lugar distante donde no tuviera la presión de los Kennedy, al presidente usando las mañas propias de los políticos para vender la imagen del hermano, de ese Robert alto, delgado, mirándola como si fuera un trozo de carne, sólo un trozo rubio de carne rubia, expuesto a la morbosidad de ellos, porque sabe de la falta de respeto de Jack, quien sólo la usa, jamás la llevará como su esposa a la Casa Blanca si los intereses son más grandes que Ella misma. Su forma de hablar no corresponde a una primera dama por más que durante meses se haya esforzado en retener datos, en guardar un block de apuntes sobre las conversaciones y con ello manejar las armas necesarias para corresponder a la charla de Jack y no sentirse como una rubia objeto o adorno. No entiende los asuntos de Estado, las maniobras contra Cuba, las zancadillas de los republicanos, o lo peor, de los miembros del partido del presidente, las relaciones con los soviéticos, la necesidad de la alianza con los demás países del sur de la frontera, las trampas de Johnson, las acechanzas de Nixon.

No era sólo un trozo de carne rubia, ni siquiera la mujer que se escapaba a beber tibia champaña con Truman Capote, era Ella, pero una mujer diferente que a su vez es la misma, mientras en la soledad del restaurante chino, en Nueva York, Truman le contaba su aventura con Tay Power sabiendo que era un recurso y Ella mordiendo el anzuelo platicara de sus relaciones con el presidente, su comportamiento como hombre. Quizá Truman buscara datos para construir una historia donde los personajes fueran una artista y un político del tamaño del ser más poderoso del mundo, una versión moderna y real de *The Prince and the Showgirl*, porque Jack no fungía de doble de Laurence Olivier —lleno de pícara ira— no, Jack era de carne y hueso, de calentura y mando, de aires que buscaban mediatizar la soberbia de un pasado millonario, de un presente sin más límites que la imaginación de quien a veces, cuando los dos descansaban en la cama, se daba a charlar de los años que el clan irlandés tenía por delante: un nuevo periodo de él, dos más en la estructura de cada uno los otros hermanos, los peligros del comunismo, las amistades con los Lawford, la necesidad de soportar a los tipos como Hoffa, la relación entre el presidente y Sam Giancana, de quien Ella misma, sí, Ella, con su propia voz, la mirada bajita, con lo delicado del tono, moviendo el cuerpo para disminuir la tensión, preguntó al presidente: ¿quién es el hombre más informado del mundo?, y él, sonriendo, poniéndose la corbata, dijo: de acuerdo a la jerarquía debería ser él, pero quizá fuera más Hoover, para después inquirir la razón de la pregunta, y Ella señalar a Giancana como un hijo de perra, aliado a los más furibundos republicanos, quienes a su vez eran socios de los exiliados de Cuba, sin agregar que Sam la visitaba con frecuencia para charlar sobre lo que el presidente opinaba de ese o aquel asunto.

Era eso y más, no sólo lo que ha pasado desde la llegada de Jack. Tenía que remontarse a lo de Montand con su tristeza. Arthur siempre distraído. Lo de Joe viendo tele mientras comía espaguetis. Greene con la cámara fotográfica como bandera. Haspiel con su mansedumbre. Brando y su voz inentendible. André admirando sus propios bíceps. Zahn nadando sin detenerse. Karger luciendo lo relamido de su pelo. Lo de Hyde. Un Dougherty aterrorizado por su baja estatura. Ralph, quien la escuchaba tensando sus manos venosas, sin mover el bigote, atento a tomar notas y llevarlas a análisis. De esos y tantos otros cuyos nombres son igual de borrosos que esa ciudad de abajo, mirada sin verla, porque no le importa lo que le suceda a la gente adentro de sus edificios. No le viene en gana entender lo que Pat le insiste sobre las respuestas a la entrevista de prensa que se dará a la salida del avión donde viaja y bebe, recuerda y sueña poseída por el bello *Randy Mandy* que la aleja de los fantasmas, le evita escuchar con exactitud las voces, porque sobre las palabras y el ruido de los motores, los rostros quieren salir en una pantalla sin sala, los perfiles de Cox, de Giancana con sus eternos lentes oscuros y su perfil de halcón. Ahí está Sinatra, su aliento amargo, el peluquín de lado, cantando sobre el cuerpo de ella. Sinatra y sus avances para que fuera amiga de Sam, lo acompañara a las fiestas y después, a solas, la dejara por un puño de coca, y entrara Giancana a tocarle los pechos con las garras, a olfatearle y picotearle las axilas, a disfrutar del mordisco en las nalgas, a meterle la nariz en el culo porque ahí las hembras todas huelen igual, *darling*.

Con suavidad pero con firmeza, Pat le quitó la copa de la mano pidiéndole se diera el último retoque a un maquillaje de horas, se refrescara el aliento, se alisara el vestido de una sola pieza, mientras le hablaba de los buenos momentos que iban a pasar en Cuidad de México, de los sitios interesantes como Taxco y Xochimilco —palabras impronunciables— pero eso era lo peculiar de esas tierras llenas de misticismo y de hombres mágicos. Debía poner buena cara para los chicos de la prensa y recordara a los Vanderbil: él norteamericano, de nombre Fred, y ella mexicana, de nombre Carla —con toda la presencia de una morena mexicana, pero asimilada a los gustos del esposo—. Ricos, muy ricos, de los que su palabra tiene peso en los círculos de poder. Ah, señaló la Newcom —vestida con un austero traje sastre, el maquillaje perfecto— no debemos olvidar los mensajes del presidente de los mexicanos, sabiendo Pat que la sola mención de la palabra presidente pondría alerta a la estrella, quizá detonando algún cambio externo y la Señora emergiera de ese estado en el que había transcurrido el viaje desde Miami.

M. M. movió la cabeza en señal de comprensión, pero Pat supo que las ideas andaban en otros sitios, la cabeza fraguando rostros uno tras otro, en un deseo de que la ruleta de caras se detuviera, por fin, en una sola casilla.

III

La seña hizo que el *bell boy* se acercara, sin hablar le extendió la charola mientras la recepcionista usaba el teléfono. Al terminar, la mujer indicó subir a la 341. Sin siquiera volverse a dar alguna instrucción al botones, Baños cruzó el lobby evitando que alguien lo reconociera y pensara más allá de lo que debía pensar. En ese momento, el cineasta José Baños llevaba la charola de plata cargada de flores y una idea no definida. La puerta del 341 se abrió, una mujer, guapa, rubia sin estridencias, de buen cuerpo, de ojos vivaces detrás de unos lentes, lo saludaba con la mano invitándolo a pasar.

Él habló, lo hizo con la tranquilidad de quien sabe que tiene todo por delante y nada por perder. Lo hizo con calma, marcando bien las palabras —buscando entre las clases de inglés de Lucille las más adecuadas para el caso. Le dijo del deseo de un latino de conocer de cerca a una mujer de la talla de la señora Monroe— cuidándose mucho de hablar de enamoramiento, de sueños eróticos, de idolatría. Baños habló de admiración antes de deseo, de curiosidad intelectual antes de pasión, y sobre todo, de querer servirles de guía, de amigo en quien confiar, desinteresadamente, en un país donde las costumbres, a veces, no son entendidas ni siquiera por sus mismos habitantes.

Ella lo observaba sin detener la verborrea, entre divertida y sorprendida por la audacia de ese hombre alto, bien vestido, un poco recargado en la búsqueda de la elegancia, de manos huesudas —de anillo rojizo— acompañando vehemente las palabras, ojos que decían tantas cosas, de boca fina continuamente mojada por la saliva, de piernas fuertes, sin estómago abultado ni poses adineradas. La Newcom tuvo la sensación de estar frente a alguien de una gran dignidad dentro de un desconcierto amortiguado por las palabras. El individuo: José Baños, sonriendo, escogiendo con cuidado las palabras —por lo menos ésa fue la impresión que Pat tuvo— dijo no buscar ni dinero ni fama a costa de nadie, deseaba servirle a las dos señoras norteamericanas, porque los mexicanos eran así, hospitalarios en este país con tantas cosas que él conoce, a donde puede llevarlas sin ellas tener temor o duda sobre la diversión.

La Newcom esperaba que José —igual a Joe— le dijera sobre el obsequio enviado por la presidencia. En ese momento, el hombre de ojos de sueño tropical, como si intuyera la duda de Pat, dijo: antes de marcharse debía decirle: esas flores y esa magnífica charola de plata, producto del arte de los orfebres mexicanos, eran un regalo de él para la señora Monroe, no lo enviaba nadie más que él, pero de haber dicho eso estaba casi seguro de no haber podido hacer contacto con tan bella señora como lo era Pat

Newcom, mano derecha de la gran estrella Marilyn Monroe.

Pat había servido café que el cineasta aún no probaba. Él hablaba tratando de aparentar calma. Ella vio sin recato a su interlocutor y algo de ese hombre le agradó, quizá fuera la diferencia con la gente que trataba en los Estados Unidos, sin darle su lugar a ella que había dejado todo para ayudar a Marilyn. Esa gente la consideraba sólo un enlace para asuntos de dinero o de cama, en cambio José *¿what?* al tiempo de estar nervioso y con dudas, respetuosamente se dirigía hacia ella tratando de mantenerse dentro de una dignidad que quizá fuera el sello de los indianos de esas tierras. Entendía las razones de él para entrar en contacto con ellas, lo aceptaba, en última instancia el mundo es de los arrojados. Dijo no asegurar nada, pero si el asunto iba bien quizá se formara una amable relación amistosa. Las buenas relaciones en todo el mundo son tan necesarias como la publicidad adecuada. Sin esperar que ella diera por terminada la entrevista, José escribió sus datos, se levantó del asiento sin haber tocado la taza, esperó de pie. Ella, sin alzar más que los ojos sonrientes, de pronto le pidió que estuviera en esa habitación a las cinco de la tarde del mismo día.

—Traeré mi auto por si algo se ofrece —dijo él antes de besarle la mano y apretarla con cuidado, como si deseara que Pat Newcom se quedara con la duda de si el apretón fue a propósito, o un simple descuido, o una amabilidad de ese hombre que avanza con trancos firmes hacia la puerta, se acomoda el saco, deja ver la buena figura, el cabello oscuro, los hombros anchos. Desde allá gira el cuerpo, la mira con cariño, le agradece con los ojos, le manda un beso con la punta de los dedos, un beso tímido, asustado, agradecido, tan dulce, con un modo tan diferente a los usados por la gente de las reuniones del alto mundo de su país.

Mientras bajaba por el ascensor supo lo que tenía que hacer. En su estómago se escenificaba una batalla boxística y las piernas le temblaban cuando llegó al *lobby*. Salió del Hilton sin que al parecer alguien se hubiera dado cuenta de su presencia, eso era importante, Pepe sabía de las trampas que se utilizan en el medio, y no faltaba quien sin obtener ganancia, pero a tenor del coraje, podría cañonear la imagen de ese hombre que enfila rumbo a la Alameda Central, rumbo al restaurante español llamado El Hórreo. Al llegar vio el Cadillac convertible, con ello supo que don Armando estaba en el restaurante, donde entró buscando con la vista. No tuvo necesidad de preguntar por él, estaba en medio de un par de amigos y una mujer —rubia, parecida a Emilia Guiú— compartiendo los tragos y las tapas en una de las mesas del fondo.

Sin perder un ápice de la figura que le había dado tal fama para compartir créditos con las más famosas estrellas, Armando Calvo —en pose como si estuviera en el *set*— bebía paladeando una copa de vino (Rioja, pensó Baños) antes de saludar al actor con grandes abrazos y muestras de estar encantado de poder estrechar la mano del más famoso español que ha dado el cine del mundo, repite mientras saluda a las demás personas, incluyendo a la rubia que se le seguía pareciendo a la Guiú.

Calvo preguntó por Pablito al tiempo de invitarlo a tomar asiento, compartir un riojano de calidad única, pero José dijo: algo muy urgente le había hecho buscar al admiradísimo actor en ese sitio a donde sus fans —y Pepe lo era hasta la ignominia— sabían que tarde a tarde se refugiaba a recordar los platillos de su tierra. Los ojos y las cejas (¿estará maquillado?) del actor mostraron un signo de desconfianza. José enseñaba una sonrisa cándida y deseosa de compartir un secreto gustoso con Armando, don Armando, como él le decía aunque hablándole de tú.

—Hombre, don Armando, no sé si este riojano comparta créditos con un chatito de manzanilla, de ser así tendría enorme gusto de invitar uno en la barra mientras te trato un asuntillo de gran interés para ti.

Armando Calvo, arrastrando la fama y los amores de muchas mujeres, con el rastro del esmoquin de *Bel Amí*, las medallas del uniforme de *La Mujer de Todos*, la seguridad de que Baños iba por dinero, no tuvo otro remedio y siguió al hombre tranquilo —como si no buscara atizarle un sablazo— que había llegado en el preciso momento en que estaba relatando sus experiencias en el cine del mundo entero, y la rubia ya tocaba con su pierna el muslo de uno de los protagonistas más importantes de la etapa de oro del cine mexicano. Eso precisamente iba a decir Armando Calvo cuando lo interrumpió Baños, a quien conocía por sus trabajos, por sus amigos españoles, pero admiraba más al haber conquistado a una belleza como la señora Aguilar, a quien Calvo nunca la tuvo completa por más lances que tiró sin éxito. Un hombre que se ha acostado con Elsa Aguilar merece ser oído aun cuando el sablazo esté por caer —pensó al decir salud y empinarse la Pochola fresquita, atrapada en palmas andaluzas.

José Baños sabía cuáles puertas tocar, de qué manera hacerlo, conocía los requiebros de don Armando, le habló sobre la conquista de una de las mujeres más bellas —sin decirle el nombre, caray don Armando, eso se sabrá algún día, pero no me hagas ser indiscreto, un caballero español como tú, lo sabe más que un pobre aprendiz como es éste, tu amigo —para continuar cancelando el sablazo porque no era dinero por lo que solicitaba su ayuda.

—¿No es dinero? —dijo Calvo.

—No.

—Joder, entonces cuenta con lo que pueda ayudar, tratándose de la conquista de una dama, los amigos no pueden quedarse acojonados.

—Ojalá me comprendas y te pongas en mi lugar. La dama es de diez mención.

—Venga, ayudo en lo que sea, ostias, para eso están los amigos —insistió riendo el actor como si estuviera frente a las cámaras en *La Casa de la Troya.*

—No me puedes fallar, don Armando.

—Que no, que no, ya te dije.

—Necesito que me prestes tu auto de las cuatro y media a las diez de la noche, de eso depende la conquista de un cromo de hembra. Soy un discípulo de las glorias de don Armando Calvo, dale oportunidad al aprendiz.

Atrapado en sus promesas, el actor levantó la ceja (sí, está retocada). Eran palabras mayores, pero la insistencia de José, el sacar a colación amigos, Garaza, Mistral, Pablito, la idea de una mujer extraordinaria, hizo que Calvo murmurara:

—Hala, que sea para bien y que dios reparta suerte— balbuceó Calvo como si estuviera marcando un parlamento en *Las Infieles*, de Pedro Galindo.

Antes de que se fuera a arrepentir, Baños recalcó: —es un lance con una beldad impresionante, el señorial Cadillac convertible, blanco con adornos en oro iba a ser cuidado como la niña de los ojos de... ¿de quién te diré? Como si se tratara de la mismísima Marilyn Monroe, para que me entiendas, don Armando.

IV

Ahí estaba, está, estará siempre, en cada ocasión que observe las fotografías: la Diosa con la cabeza inclinada hacia el entonces esposo Arthur Miller, delante, el puente de Brooklyn. Sentada en una silla de mimbre, de azul ella, con la blusa abierta y un negligente zapato a un lado. Abrazada a un cojín. En blanco y negro. A colores. Junto a una ventana, en fondo completo y sin sostén. De rojo vestido de noche, llena de joyas y de plumas. En posición fetal, blusa blanca y pantalones, brazos y manos metidos entre la piernas, los pies apenas cubiertos con unas sandalias a rayas negras y blancas, en esa foto se le ven los pies, es una de las pocas en donde se ven tan nítidos los pies de la señora, son bellos, corresponden a todo su cuerpo, los dedos son armónicos, no se perciben callosidades. Otras y otras fotos recordadas, admiradas mientras emergen de la caja, recinto de colección, y que ahora se presentan mientras conduce el Cadillac rumbo al departamento de la calle Nazas. No importa la rabia de Lucille por lo del Plymouth. Ella no le va a amargar los siguientes minutos, aunque podría darse el caso que a esa hora, casi las cuatro de la tarde, la vaca gorda no estuviera en casa.

De reojo miraba a quienes a su vez lo miraban por la ostentosidad del auto, el rostro de quien lo conduce,· a su vez sabe de la envidia causada, ese gusto de sentir el cuero de la vestidura, el cobijo que da el nicho con asientos, lo que implica ir tripulando ese auto que como trasatlántico navega por los ríos de la colonia Cuauhtémoc, en el centro mismo del altiplano, en plena mar terráquea, cruzando la calle de Río Lerma, flotando por Tíber, buscando llegar a Río Nazas y mostrarle a la gente la clase de coche que un cineasta se merece, con los minutos contados para cambiarse, ponerse lo adecuado, reforzarse de papelillos y después ir hacia el Hilton y esperar ser parte de su propia colección de fotos, porque alguien, o muchos, fotografiarán el momento en que salga con la señora, lo retratarán llevándola del brazo, quizá ella mirándolo, entrando a los sitios a donde piensa llevarlas, aun cuando fuera en plural el caso, necesario sólo de dientes para afuera, pues debió sortear el peligro de la Newcom que quiere incorporarse al tren de las plurales, a la ruta de las fotografías que llenan en una maleta la colección de Baños, que aumentará con otras de la Diosa en compañía de él mismo, ambos sonriendo, o los dos subiéndose al auto que ahora llega a la calle Río Nazas donde se detiene, el hombre baja la capota, y con las llaves del Plymouth sube al departamento.

No es posible borrar las imágenes así como así, uno puede decir que las borra y mientras más lo dice menos se escapan, por eso no trataba de borrar los rostros y las poses en las fotos de su colección, no quiere tachar el cuerpo de

Ella tirado sobre la tela roja sino convertirlo en símbolo, es hacer de todas las fotos la razón de su fuerza —pensó al tocar el número tres en el timbre del ascensor y subir apretando la boca, vestido con una combinación de saco oscuro y pantalón café, corbata guinda, zapatos aguindados, el ramo de rosas en las manos, el discreto olor a lavanda, el cabello sin casi nada de vaselina, sólo un rayón para dar tonos al negro de la melena, el rostro firme que al cabo los ensueños andan en la esnifada de antes de salir del departamento donde la verborrea mascullada e iracunda de Lucille se transformó en susto al ver a su marido, con el rostro trasmutado por la violencia diciendo: una palabra, una sola palabra más en ese momento, y le apretaba el cuello. Al tirar las llaves del Plymouth también dijo dónde estaba estacionado.

Meterse al baño, tomar una ducha, vestirse para salir a grandes zancadas —simulando alguna actuación de Armando Calvo—. Nervioso, con un gesto en los ojos, en el apretar de los labios, obligó a la mujer a pensar: algo especial estaba pasando, la fuerza de ello la dejaba consciente que debía mantenerse callada, que esa tarde José Baños andaba con los demonios a bordo del alma.

Echó el rostro para delante cuando se abrió la puerta. El brinco en el estómago se hizo agudo. Tragó saliva. No era la Newcom quien abría, era Ella, la Señora, la Dama de Oro, la que estaba de pie, ahí mismo, sin ninguna barrera, sin nadie que le impidiera tocarla, oler la fragancia que de Ella emergía, estaba ahí, enfrente, y no era sueño, Pepe, no lo era, porque sintió la mano de la mujer, pudo palpar esos dedos larguísimos, esa tersura de la piel, ese olor cayendo como lluvia de flores, y al pensar en eso, en forma mecánica le entregó el ramo de rosas rojas escuchando entre brumas el tintineo de la voz, la misma voz de los años y años de las pantallas, la misma voz aniñada, sexuada a tonalidades de ritmo desconocido pero tangible, oyó la voz dar, melosa, las gracias por el ramo de rosas. Era eso la totalidad de su película, lo increíble hecho tacto. Aguantando la respiración para no delatar el sonido de la misma, avanzó hacia la habitación del hotel Hilton, en Insurgentes y Reforma, frente a la estatua de Cuauhtémoc, en medio de una ciudad que de capital de un país era capital del globo terráqueo donde la soberana, vestida de blanco, con el cabello de algodón de azúcar, enfrente de José Baños, de él y no de sus sueños, le indicaba tomara asiento. La Newcom no estaba presente, por lo menos en el momento del recibimiento. El caos interior de Baños lo llevaba de las pantallas a los amores y a la suposición que Pat podría ayudarlo a ensamblar su mente con los primeros segundos, a detener el bombardeo en el estómago, pero estaba solo, es decir, estaba con la Mujer, con la magia dibujada en las nubes, era Ella, la Señora Monroe quien al oír así su nombre le dijo:

—Marilyn, llámame Marilyn —y después dijo lentamente el nombre de él—: José.

Así, pronunció su nombre, las cuatro letras de su nombre, que sonaron como balbuceos de sirena, que se elevaron como flechas, se anidaron en los espacios del mundo.

—En México a los José se les dice Pepe, bueno, digo, sabe... los amigos le pueden decir

Pepe a quien se llama José, como es mi caso, señora, digo señorita, perdón, Marilyn.

—¿Pepe? —dijo Ella, y entonces el Pepe tomó globalidades, líneas, peso, color, forma. Un Pepe cuyas letras andaban de jaleo en el aire, un ¿Pepe? como si dudara en decirlo correctamente, lo que aumentó el valor de la palabra. Ese Pepe que él escuchó sonriendo, asintiendo con la cara, moviendo la boca para en silencio deletrear las dos p y las dos e, para confirmar lo correcto de la pronunciación, antes de que Pat Newcom entrara alabando el buen gusto por el regalo de la mañana.

—Fue un obsequio maravilloso, siempre lo conservaré cerca de mí —terció la Señora. No, había que quitarle eso de señora. La rubia de ojos inmensos cruza las piernas sin medias dejando ver los muslos blancos, mordibles, soñables, a la mano, a la distancia de la mirada. José Baños la miraba desde lo blanco de la risa hasta la profundidad del escote, la caída de los pechos, la impactante largueza de los dedos de las manos, la suavidad de la piel, la profundidad del cabello de algodón dorado, toda era revisada, pero en especial los ojos, buscaba ahí el verdadero valor de las palabras, las razones de esa amabilidad desconcertante, en ese mirar de ojos: los mensajes necesarios para ensamblar los códigos e iniciar la transformación, el amarre, las líneas conducentes y así la bellísima mujer se convirtiera en alguno de los materiales que José sabe moldear, porque está consciente que los buenos oficios no se ganan con el arrebato, sino con la paciencia del alfarero que tacto-tacto va transformado el mismo material en otro mismo a su vez diferente.

Pat Newcom, como si hubiera ensayado la escena, tomó una botella de champaña de una mesa, sirvió tres vasos largos y propuso un brindis. Pepe alzó los ojos, los puso directamente en los ojos de Marilyn, quien no los apartó y sonrientes respondieron al mensaje. Pat se levantó de su asiento, Pepe también ayudando con la mano a la Gran Señora. Al tomarla la sintió más cálida.

—Por Glenn —dijo Pat Newcom.

Por un momento Pepe no supo de qué se trataba el brindis pero levantó la copa y tomó el líquido tibio.

—John Glenn forma ya parte de la historia de Norteamérica —insistió la Newcom.

Entonces Pepe supo sobre quién se trataba el brindis, era en honor al astronauta Glenn y la hazaña de dar tres vueltas alrededor de la Tierra, en ese programa espacial que tanto impulsaba el presidente Kennedy —¿por quién será en realidad el brindis?

Pat hablaba muy seria, orgullosa de los colores de su bandera, refiriéndose al astronauta que se había llevado —junto con la reunión de la OEA, en Punta del Este, Uruguay— las ocho columnas de los diarios de México, desplazando una noticia para Pepe mucho más importante: la llegada de Marilyn, la más bella de todas las mujeres —de no sólo tres, sino de mil vueltas a cualquier planeta— la misma mujer que ahora bebe entrecerrando los inmensos ojos mientras la tarde lanza colores en el Paseo de la Reforma.

—Por Glenn —repitió el hombre al tiempo de beber otro sorbo, y pensar que sería una torpeza entrar al baño y usar una porción de cocaína. El silencio andaba de guardia en la habitación del Hilton, cuando Pat lo rompió preguntando por los planes para pasar la tarde y en que ellas habían decidido escapar de los compromisos. José explicó: Una vista al centro de la ciudad, sin bajarse del auto, ver el Palacio Nacional, la catedral, el antiguo barrio universitario, edificios de gran belleza, quizá un aperitivo en el Café Tacuba y después ellas señalarían algo que les apeteciera.

La Diosa hizo unos apuntes en una libreta guinda de pastas duras mientras la Newcom explicaba: a la señora le gusta apuntar las cosas de las que no desea olvidarse. Antes de partir Pat dijo: sería conveniente utilizar una salida discreta para no llevar consigo la cauda de reporteros y pasar por simples turistas. Marilyn se mostraba calmada, más bien, como si anduviera con algo de sueño disimulado por una sonrisa pintada sobre el maquillaje. Por un momento José creyó que la Gran Señora se iba a disculpar porque la laxitud marcaba una inminente etapa de sueño, pero nada dijo al respecto mientras la asistente de prensa hablaba a recepción pidiendo ayuda para salir por alguna puerta de servicio, después dijo los planes y Pepe los aceptó adelantándose un par de minutos para ir por el auto y esperarlas en la parte trasera del hotel.

—Es un descapotable blanco, yo las busco —dijo sin dejar de observar a Marilyn, quien le lanzó un beso dibujado en los labios. No es posible— pensó el hombre al avanzar rumbo a la puerta—, esto es sueño, carajo, puro sueño.

—Igual que en el Carlyle —M. M. lo dijo en voz alta, sin mirar a Pat, ambas sabiendo a lo que la señora se refería—. Ese hotel en Nueva York donde se entrevistaba con J.F.K., entrando por la puerta de atrás, oculto el rostro por la pañoleta y las gafas negras, mientras las escoltas del presidente la conducían por cocinas humosas, escaleras de servicio, a ver a un hombre que llevaba encima la prisa de la patria y entraba a la habitación quitándose la ropa, jalando la de ella, buscando satisfacer los deseos sin ningún preámbulo, contando los minutos antes de irse. Igual al Carlyle, igual a la casa de los Lawford, al departamento de Doheny en Los Ángeles, igual en el conjunto de Cal-Neva administrado por el Flaco D'Amato, donde Sinatra la mantenía bebiendo y metiéndose pastillas de colores, era igual esta salida a las otras muchas realizadas en hoteles y casas, en centros nocturnos y fiestas, siempre penetrando y saliendo por las puertas traseras, usando los lentes, la pañoleta o la peluca para irse con Jeanne Carmen a los cines y ambas disfrutar algo tan bello como entrar a la sala con abrigos de piel pero desnudas abajo de la prenda, siempre disfrazada, ocultando ser Marilyn Monroe, también Norma Jean y a su vez alguien que va a salir del Hilton de Ciudad de México para irse de vagabundeo con Pat y el hombre ¿Pepe? que la mira tratando de disfrazar —siempre los disfraces— su miedo, poniendo cara de amante latino a punto de merendarse el bocado de una rubia de tetas maravillosas.

Necesitaba una azul para contrarrestar el efecto de la amarilla, porque de otro modo se iba a caer, no podría hablar sin que la lengua se secara en medio del cansancio de los ojos, un cansancio igual al sentido en el barco de Sinatra, o las veces que trataba de jugar en la playa de Palm Springs donde las piernas le fallaron, o ese terror al ver que las pastillas están por terminarse y debía hablar con los chicos de Giancana, o rogarle a George Piscitelle que a cambio de meterse con él al motel de Van Nuyes Boulevard, le entregara la bolsa de *Randy Mandy* y con esto llegue la tranquilidad que ahora la va venciendo hasta que Pat le da la de color azul tragada con el buche de champaña y por lo menos en unas horas la inseguridad no tendrá cabida en el paseo por Ciudad de México, en compañía de ese hombre que mira tan adentro, espulga el vientre, le está diciendo de amores con sol de playa o con maracas que trituren los pezones.

Si Pepe resultaba buen compañero —Pat pensó, repitió, se dijo, murmuró— lo invitarían por la noche a la cena que daban los Vanderbil. Serían de siete a ocho personas a la mesa porque no pudo deshacerse de la gente de la embajada, pero bueno, esto era más adelante, por lo pronto estaba ese paseo para ver la ciudad y con ello olvidarse de lo que no se puede olvidar: la entremezcla de los hermanos Kennedy, el acoso de Giancana para que Marilyn contara lo que el presidente en la intimidad dice sobre lo de Cuba, lo que tiene pensado después de lo de Bahía de Cochinos, lo que Jack tiene en mente en relación al asunto de Fidel Castro, ese hombre alto y barbado cúmulo de las preocupaciones de los chicos de Sam por los enormes intereses que se tienen en la isla, y no sólo eso, de por sí ya mucho, Sam Giancana anda tras la fórmula para tumbar a Castro y así quedar bien ante J.F.K. para después cobrarle las facturas —como el mismo presidente dijo en una de las raras ocasiones en que disponía más tiempo del que los guardias y las presiones le daban.

—Buen auto —manifestó la Newcom al entrar al Cadillac. José atento esperó que las dos mujeres se acomodaran. Marilyn adelante. Ella así lo escogió, eso es signo de algo porque él no creía en las casualidades, no existen, todo tiene una razón—. Sin el sueño ido, de pronto la Diosa sonreía. Por un momento intentó usar una pañoleta oscura, pero algo la hizo cambiar de opinión dejando la melena rubia tremolar con el viento tibio de la ciudad llena de ruidos, por donde el auto blanco avanza y Pepe da explicaciones —algunas de ellas anotadas por la Diosa—. Muestra el Banco de México, el edificio de Correos, el Palacio de Minería, algunas iglesias, el Sanborn's de los azulejos. Se desenvuelve seguro, tiene la palabra adecuada para convertirla en piropo, en amable frase, en respuesta rápida.

No hubo tiempo de tomar algo en el Café Tacuba, así, antes de las ocho de la noche, el Cadillac blanco propiedad de Armando Calvo se estacionaba cerca de la puerta de servicio del Hilton y en ese momento fue cuando Marilyn, al tiempo de besar la mejilla de José, preguntó si le agradaría acompañarlas dentro de un par de horas a una cena que darían unos amigos de ella. Por supuesto, aquí estoy a las diez en punto. Marilyn, de reojo, miró a Pat y ésta sonriendo dijo: habían estado encantadas con el paseo, Pepe era un guía estupendo. —Hacemos lo mismo que hoy, entras por nosotras y salimos por esta puerta. —M. M. se colocó la pañoleta sobre el cabello y entró al hotel sin mirar para atrás, como si llevara mucha prisa.

No tenía caso recordar la escena de su esposa ni el recado de Armando Calvo. Lucille preguntaba sobre esos oscuros negocios en que andaba metido Pepe, éste se tendió en la cama para intentar descansar un momento y después de bañarse con cuidado, se puso un traje oscuro con el que hizo su arribo al lobby del hotel Hilton escurriéndose para no dejarse ver por unos cuantos aburridos reporteros, y subió al tercer piso tocando la puerta a las diez en punto de la noche. Sentado en el mismo sillón de la tarde, Pat le dijo que la señora no tardaría. De nuevo sirvió champaña tibia y los dos hablaron de la ciudad de México. A ella le chispeaban los ojos al recorrerlo de arriba abajo, y él viendo con disimulo el reloj con más de media hora de retraso.

—Está un poco nerviosa y cuando esto sucede cambia su arreglo varias veces —dijo la Newcom como contestando las dudas del hombre, mientras cruzaba y descruzaba la pierna. Cerca de las once se habían bebido casi dos botellas, Pat diciendo estar muy alegre porque la señora se mostraba contenta de haberlo conocido, ah, con esas presiones que siempre tiene, es magnífico poder relajarse en Ciudad de México.

—La acosan demasiado: los ex maridos, la gente, los del cine y los otros —e hizo una pausa bajando la voz— porque los peores son los otros.

—¿Quiénes?

—La historia es larga, Pepe, ahora no tiene caso platicarla, lo que quiero insistirte es que la cuides mucho, la diviertas, ella debe saber que hay alguien con ternura.

—El mundo entero la cuida, Pat.

—En el mundo de ella existen tantos peligros... Son... bueno, gente que la rodea... aprovecharse de sus relaciones. Una historia muy complicada. ¿Qué opinas de Cuba? —cambiando el tono.

—De política sé poco, pero creo que Cuba tiene una larga batalla por delante —y pensó en Cruz, los amigos cubanos, los encargos que le habían hecho.

—Cuídala mucho, ella es muy tierna, pocos han sabido apreciar esa cualidad.

Pat se disponía a abrir la tercera botella cuando Marilyn Monroe apareció en la sala. Pepe no pudo menos que quedar mudo sin fijarse en nada, menos en la Newcom, que miraba también con admiración. La Gran Señora llevaba un vestido largo, dorado, pegado al cuerpo, con la mitad de los pechos al aire, con la cabellera en ráfagas, la boca de rojo fuerte y sin una sola joya, ni siquiera un reloj. Se detuvo bajo la luz de la lámpara y dejó —consciente de ello— que los dos la admiraran. José no pudo aguantarse, se levantó, y al acercarse a ella le dijo: era la mujer más bella del mundo, y la más talentosa —remarcó.

Después de una entrada con gente apretujándose para verla y en donde hubo empujones a los guardias, los tres, seguidos por la mirada de los comensales y las carreras de los fotógrafos, se instalaron en una mesa donde ya cinco personas esperaban. Pat reconoció a los Vanderbil con los que había hablado por teléfono y éstos, después de besar a la actriz y darle la bienvenida a este México que tanto queremos, le presentaron a las otras tres personas: Win Scott, el encargado de prensa de la embajada; Johnny Roselli, sin darle cargo o título, y Alma Benavides, una mexicana de gran valor. Pat a su vez dijo: ellas tenían el honor de introducir al señor José Baños, cineasta mexicano.

Marilyn entrecerraba los ojos, pero desde el momento en que escuchó los nombres de los dos norteamericanos alguna tensión se le reflejó en los músculos de la cara. Baños creyó así percibirlo, pero conforme la noche siguió, José se dio cuenta que la Gran Señora no siempre charlaba en voz alta, haciendo comentarios al oído de él, como si no quisiera ser escuchada por los demás, pero en especial por los dos hombres. En un momento Pepe preguntó sí deseaba bailar y ella, entre risas porque ahora sí levantó la voz, dijo: estaba creyendo que nunca se lo iba a pedir el cineasta.

Meses más tarde, durante las fatigosas horas nocturnas en las calles de Tijuana, José habría de recordar que el perfume de aquella noche casi lo lleva a perder la compostura, eso no hubiera sido lo adecuado, y abandonando el estilo la estrujara con la fuerza de sus ganas, pero también era increíble que Ella estuviera junto a su cuerpo, era algo más allá de sus sueños enloquecidos, porque Ella estaba ahí, junto a él, dentro de una pista de baile, con la oscuridad del sitio, sabiendo que todas las miradas se dirigían a ese par que abrazados sin recato se estrechaban al ritmo lentón de un blues, y era José Baños el receptor de ese cuerpo maravilloso, de esas formas que siente en el pecho, cubre con los brazos, se adentran en su carne obligándolo a realizar un esfuerzo para no besarle el cuello, acariciarle los pechos, a untarla de su propia irritada sexualidad chocando contra el pantalón. La Señora no habla sino baila con los ojos cerrados como si quisiera escapar de todo y quedarse flotando sin medir el tiempo, unos minutos hechos ritmo donde José Baños es el más grande del planeta, el único mortal que sueña y vive el sueño sin que éste se termine, es quien lleva de las caderas a una mujer que significa lo que cualquier mortal ha querido, el deseo de los hombres del universo, el anhelo de soldados y mendigos, de prohombres y astronautas, de magnates y pintores, de sibaritas y lenones, nadie puede escaparse de la magia de Ella, nadie, y él es parte de ese ritual acompañado de música, o de nada, porque el cuerpo, ese cuerpo, ese cabello, esas manos, están junto a él que baila y piensa que nadie podrá quitarle nunca ese momento.

Al terminar la pieza él intentó regresar a su lugar pero Marilyn, con un pequeño movimiento, lo obligó a quedarse. Los dos aguardaron el reinicio de la música y antes de seguir Ella juntó su cara a la de él y le dijo estar feliz, la noche era larga pero debían salir de ahí lo antes posible, no le agradaban los dos norteamericanos, ni la señora Alma, ¿se llama Alma?

Sin saber por qué lo decía, Baños de pronto comentó: —Tú los conoces, ¿verdad? —Y ella asintió con la cabeza para después repetir el sí con la voz. La Gran Señora estaba somnolienta, así bailó, como si quisiera huir de los malos mundos, recargando su cuerpo, completo, en un José Baños que estuvo varias veces a punto de abrazarla fuerte para que los dos temblaran con el mismo temblor que siente le está quebrando cada una de las fibras.

Al acercarse a la mesa Marilyn hizo una seña a Pat, ambas se dirigieron al *toilet*, José las vio avanzar por entre las mesas guiadas por un capitán de meseros, sonriendo a los que se levantaban, aplaudían o le daban la mano. En ese momento pudo ver bien a los acompañantes, quienes en un cambio espectacular daban a conocer rostros no mostrados mientras estuvo la Gran Señora.

Alma Benavides —ángulos cortados con hacha, cejas gruesas, senos apretados, caderas estrechas, mirada incisiva como de un hombre que anda conquistando lo que se pare enfrente— mostraba su rechazo hacia José haciendo preguntas sobre el número de películas filmadas por el señor, o por sus intervenciones en ¿cuáles argumentos? o ¿nos habremos conocido en casa de María?

Los Vanderbil —él alto, canoso, de buena presencia; ella de regular estatura, morena, de cuerpo agradable— se mostraban afables con José, indiferentes con Roselli, muy cariñosos con Marilyn, y francamente agresivos con la Benavides y con Scott.

Win, sereno, dejaba ver unos ojos azules que penetraban en todas partes, de rostro redondo, dulce, de suaves maneras, hablaba poco y escuchaba atento las respuestas. Su español era bueno. Bebía con moderación señalando tener instrucciones del señor embajador de estar a las órdenes de la Señora a la hora y en el sitio que ella indicara.

Johnny Roselli, alto, de cabello oscuro, muy bien peinado, con un bronceado perfecto, dientes blancos y sonrisa extendida, manos fuertes y cuerpo atlético. Decía no saber ni una palabra en español y charlaba con Pat, a quien le había tocado al lado. Dijo ser amigo de Win y de Alma.

Con esa gente Baños se quedó en la mesa mientras Pat y la Señora iban al tocador. Muy pronto Alma fue a alcanzar a las señoras, y mientras Pepe bebía agua mineral por aquello de las demasiadas copas provocan el ridículo, Carla Vanderbil mencionaba no sorprenderse con la presencia de Almita y de Win, si los habían tenido presentes de manera permanente.

—Nos vimos la semana pasada en Huasca, la antepasada en Acapulco, hace dos días en Cuernavaca, queridos. A quien no conocía es al señor Roselli, ¿está usted en el mismo negocio que Win y Almita?

—No señora, podría decirle que al contrario.

—Vaya —terció Fred Vanderbil— significa que usted sabe a lo que se dedican nuestros amigos.

Roselli no dio respuesta. Win, quizá buscando atemperar las cosas, dijo: Carla y Fred deberían entender, los trabajos no son asuntos personales, son parte de lo que se debe cumplir.

Fred torció el gesto, en cambio Carla expresó: los trabajos profesionales de Win, por casualidad, siempre afectan la vida de nosotros —mirando a su marido— la caza permanente acaba por irritar a la presa por más tranquila que ésta sea.

José Baños no entendía lo que estaba pasando, lo habría de ir comprendiendo poco a poco, recordaba las palabras de Marilyn y ese juego en que era obvio estaban involucrados los miembros de esa mesa donde él era un manchón negro en el papel de tonto que sirve de acompañamiento sin enterarse de cuáles son sus líneas en la película.

Los Vanderbil, en especial ella, siguieron con reclamos. Mencionaban teléfonos intervenidos, conversaciones grabadas, amenazas por carta, insistencias sobre pago de impuestos, el acoso a sus amigos mexicanos y extranjeros irritaba a Carla, sin que Win dejara de señalar: obsesiones de la querida Carla, eso podrían discutirlo con calma en otra ocasión pues ahora sería aburrir con asuntos domésticos a quienes de seguro desean disfrutar de esta noche.

El gerente de El Patio se acercó para preguntar por la señora Monroe, pues iba a dar principio a la variedad. Se fue con caravanas tiesas mientras los de la mesa aparentaban no dar importancia a lo que por varios minutos Carla Vanderbil reclamó en perfecto inglés. Roselli señaló el regreso de las señoras sin que con ellas llegara Alma Benavides. Las luces del escenario se encendieron, una pareja de presentadores agradeció la presencia de todos ustedes pero en especial esa noche, El Patio, su centro nocturno más cercano a las estrellas, demuestra que su *slogan* no miente al dar la más calurosa de las bienvenidas a la máxima estrella del cine mundial, miss Marilyn Monroe, y el haz luminoso cayó como rayo sobre el rostro aniñado de la Gran Señora, quien apenas hizo una seña con la mano, sin levantarse, como si estuviera con sueño o muy cansada.

Mientras Alejandro Algara, abriendo los brazos y simulando torear, se enfrentaba a un paso doble llamado Granada, Pat se acercó a José y dijo: debían irse en cuanto el cantante terminara eso. Se retirarían ellas dos y Pepe. Después Baños vio a la Newcom hablar en susurros con los Vanderbil. Algara, recortado el bigotito, echando el tipo pa'lante, agradeció la presencia de la mujer más bella del mundo, quien de nuevo recibió el flechazo de la luz, para en seguida, amigos de El Patio, para ustedes, del maestro Agustín Lara, "Farolito". Las luces se apagaron. Marilyn Monroe, seguida de Pat y José Baños se levantó para salir sin que Alma hubiera regresado, sin que los otros abandonaran el cabaret, donde en el escenario Alejandro Algara marcaba lo de *sin llevarte más nada que un beso, violento y travieso...*

Cuando José arrancó el Cadillac la Gran Señora parecía haber despertado. De nuevo usaba la libreta guinda y entre párrafo y párrafo comentaba sobre lo bien que ahora se sentía. Los tres se sentaron en la parte delantera del auto, Marilyn dijo: estamos libres, es hora de iniciar la fiesta los tres solos, llévanos a un lugar mexicano y divertido. ¿Mariachis? Marriachis. Tomó rumbo a la Plaza de Garibaldi, donde la llegada causó tal jaleo que por unos momentos no pudieron salir del auto, con la gente deseando tocar o ver de cerca a la señora, unos policías retiraron a distancia a los fans, sin que nadie pudiera hacer algo con los empecinados fotógrafos ahí donde los mariachis, esos hombres de trajes adornados de metal, cantan con el cuerpo en actitud agresiva, y la Gran Señora ve curiosa las miradas de los curiosos, la miran distinto a como la miran allá, porque estos hombres morenos la observan como Diosa de otro planeta, fijan sus ojos en ella, no fingen una mirada al desgaire, no, es un rostro impasible, sin gestos, con unos ojos negros adentrados a quitarle el alma para después regalársela de inmediato, y no siente agredida su intimidad o más allá de su piel, las miradas fijas son dulces, los ojos ladrones son de obsequio permanente, con un parpadeo igual que si estuvieran hincados frente a una de sus vírgenes.

Algo así dijo Pat cuando servía champaña tibia en la sala de la suite de la Señora. Ella estaba de nuevo en el baño y los dos la esperaban para tomar la última de esa noche. José iba empezando a entender que cada entrada al baño de la Diosa era de media hora o más, así, sabiendo de la espera, y al calor de tequilas y champañas, preguntó cándido la razón por la cual habían tenido que soportar en El Patio, a personas tan diferentes, tan enemigas entre sí, además de que una de ellas, Alma, había desaparecido, Carla reclamaba a Win, y a Fred se le notaba molesto.

—Es una historia repetida a donde viaja Marilyn, pero en estos últimos años es más pesada.

—¿Tiene que ver con alguien en la Presidencia de tu país?

—No es hora de hablar de ese asunto, pero para no dejarte igual que dices haber estado en la mesa, no lo negaré; debes entender, no es culpa de ella.

—¿Al decir ella te refieres a Marilyn?

—A quién más podría ser.

—A la Presidencia.

Pat sonrió antes de seguir —No, me refiero a ella, la que está entrando.

La Gran Señora de bata larga, blanca. Se había despojado de algo del maquillaje, el cabello lo llevaba suelto, unas pantuflas también blancas con los mismos adornos que los botones. Se quedó en la puerta para que el hombre la viera bien y después preguntó si a ella le ofrecían una copa. José sirvió y le llevó la bebida. La Gran Señora, la más bella del mundo, la Diosa, lo tomó de la mano para acercarlo hacia ella y besarlo en la boca. Fue un beso como si ambos se conocieran de muchos años, una especie de ritual que complementaba una buena noche, un beso de alguien que acepta que ambos están juntos y no se pretende conquistar lo ya dicho.

Pepe así lo sintió, pero no dejó de sorprenderle que Ella lo manifestara frente a Pat en un beso que se hizo largo, de sabor a piel y saliva, los labios abiertos de ambos sorbiendo los alientos, sintiendo la noche en la boca y los ojos de La Mujer cerrados como estuvieron los siguientes segundos, para en seguida abrirlos y, tomados de la mano, sentarse. Pat le entregó unas pastillas, éstas fueron tragadas mientras la Mujer bebía champaña tibia dejando escapar unas carcajadas antes de mirarlo a él y decirle que estaba muy contenta de haberlo conocido.

La Diosa se arrellanó en el sillón juntándose a José Baños. Éste palpó el cuerpo al abrazarla con ternura, sintió que bajo la bata no había más ropa, el faldón de la tela dejaba ver las piernas blancas, ella mantenía los ojos cerrados mientras mencionaba algo sobre individuos siguiéndola donde quiera, de hombres buscándola para atormentarla, micrófonos, mariachis altaneros, bailes de nubes, sueños incompletos, y así, hablando a frases cortadas, a puños de palabras sin orden, se quedó callada. Pat entonces le dijo que la cargaran y entre ambos la dejaron en su cama. La tendieron sobre una manta roja, vestida y no, porque la bata se había hecho nudos dejando ver los muslos, el sexo de cabello ralo, los pechos redondos. Pat la cubrió poco a poco como disfrutando lo que Pepe miraba sin aliento, e hizo con el dedo sobre la boca una seña de silencio —misma seña insistida meses después en la casa de Brentwood, en Los Ángeles— para salir a la estancia, donde en voz baja le pidió que se sentara.

—La última para el camino —mientras servía.

José Baños repitió: él podía darle toda la ternura que la Señora necesitara porque él también buscaba a quién darle su ternura. Pat lo veía en silencio.

—A veces tengo la impresión de que ya es demasiado tarde, quizá tú le podrías ayudar a sentirse mejor, bueno, eso creo.

Eran casi las cinco de la mañana cuando José Baños dejó el Cadillac en un estacionamiento. En el departamento de Nazas se dispuso a tomar un vodka y una línea, sólo una. No prendió la luz, desde la oscuridad miró la fotografía de la

Diosa comparándola con la realidad de unas horas antes, vio el cuerpo y recordó el cuerpo, el cabello contra el cabello, las manos y las otras mismas manos, el rostro entre ese otro igual rostro y supuso que por fin el bache —iniciado desde Satín, la odiada Sara Maldonado, y rematado con Lucille que de seguro armará un escándalo al despertar— se iba llenando de flores, un bache cubierto de flores no dejará ver el lodo que las alimenta, sino los aromas cubriendo la distancia, y los colores floridos a las hondonadas. No es sólo haber llegado hasta donde nunca se imaginó: el inmenso mundo por donde orbita la Diosa, los secretos que guardan sus angustias, las palabras de Pat: el trabajo de Win en la embajada era sólo un disfraz; Johnny Roselli: un emisario utilizado por Sam Giancana para no dejar sola a la Señora, y Alma: un gancho homosexual a ver si por ese rumbo podía irse la Diosa y con ello tenerla controlada. Cuando Pepe preguntó por los Vanderbil, Pat dijo tener sus dudas, pero hasta ese momento los suponía excéntricos comunistoides.

La foto de la Diosa le mandaba señales, le recordaba el cabello del sexo, le hacía sentir brincos en el estómago ante la redondez de las nalgas, la figura que se deshacía para convertirse en un manchón ante las preguntas sobre quién es ese omnipresente Giancana, cuál es el papel del enviado por ese hombre, el trabajo de Win Scott, la relación con los Vanderbil, a quién le pasa la factura Alma Benavides, por qué la confidencia de Pat, las razones que mantienen como rehén a la Diosa, pero —se dijo mirando la foto de ella—

¿cuál papel estaba jugando él en ese universo más complicado que cualquiera de las historias siempre inventadas para filmar su película, la soñada desde el cine Roxy?

Sin abrir los ojos movió varias veces la cabeza pesada, saturada aún de figuras en desorden. Sentía unas manos meterse en los hombros, por un momento deseó tener voz suficiente para insultar o rogar que lo dejaran en paz con sus sueños por desordenados que éstos fueran. El líquido en el rostro lo obligó a enfrentarse a esa realidad: el perfil de Lucille, que con el vaso aún en las manos amenaza con echarle más agua si no despierta y escucha sus palabras, porque don Armando anda enfurecido, amenazando con prisión. Lucille, a su vez, jura: jamás le prestará el Plymouth, y ella ha llegado al límite de un aguante que debió terminarse hace meses.

Siente el baile en la cabeza, el reclamo de la combinación de cocaína y licor —amada durante la juerga, aplastante cuando han pasado unas horas—. Son las diez de la mañana, los rescoldos no se han apagado con el sueño violentado por la mujer gorda que pone de manifiesto las carencias de un hombre que ha estado junto al trono de la galaxia y ahora lo apachurran como si la noche pasada fuera sólo una ensoñación más de las muchas desfilantes por el departamento de Río Nazas. Levanta un cuerpo donde se anidan los temblores, sacude la cabeza que parece desintegrarse con el esfuerzo, las manos se mueven en cámara lenta, se escuchan sus palabras marcadas en un ensayado parlamento que amenaza, silencia, ordena, suplica, se enreda, se agota por la falta de saliva, se empantana ante la debilidad, ruega silbante mientras trata de regresar a la almohada sudada, buscando aliarse con las fuerzas necesarias y así poder enfrentarse a ese día que se inicia con una Lucille pálida, el vaso en la mano, la sorpresa en los ojos, dentro de una escenografía que plantea una habitación desarreglada, olorosa a los vahos del hombre que siente los labios tajados por los cortes de la resequedad, mirando entre oleadas de sueño a una mujer que abandona el cuarto con el sonido del portazo en estocadas de fuego a los sentidos.

Entre la bruma del silencio en el ahora por fin abandonado departamento donde él lucha por serenarse después de la pelea con Lucille, va de un lado a otro con la cabeza estallada, la boca sin saliva; le quedan unas cuantas horas, tiene un solo papelillo y dentro de muy poco Armando Calvo, echando sapos gallegos por la nariz, va a arremeter contra todo lo que se mueva. Le habló a Pablito y a Bermúdez. El jalisciense dijo tener mucho trabajo y muy poco en qué cooperar.

—Yo soy espectador en esta cinta, sólo les pido que me dejen ver el final.

Pablito, por su parte, al escuchar por teléfono el apretado relato y saber que su amigo ya lo era de la Diosa, dijo: a la una de la tarde estaba en el Hilton, dispuesto a jugarla al nivel de lo que fuera, al fin lo que fuera era ganancia.

El tiempo andaba tirando de mordidas al carcañal, en espera de que el ruido de la puerta indicara la bronca por lo del Cadillac, se bañó de prisa. A eso de las doce, limpio, oliendo bien, con el nerviosismo encajado en el temblor, sin que el artista español se apersonara o hubiera mandado a la policía, José tomó rumbo al café Habana para entrevistarse con el Piscacha. Como si existieran varios Piscachas corriendo por la ciudad, metidos en los festines cineros, en los reductos del celuloide, y en otros muchos sitios, pero en uno de ellos —infaltable, parte del mobiliario del local— en el café La Habana. El hombre, risilla torcida, hablar pausado, se le quedó mirando desde los ojos encuadrados bajo el sombrerito entre cubano y lagarterano para decir:

—Cada quien su deuda y su responsabilidad. Se acumulan las cifras, va a llegar un momento en que se tapen las salidas, ¿no crees?

Baños habló de un bachecillo, un pinche bachecillo que todo humano carga alguna vez en su vida y exigió calma por unos días, estaba cerca de realizar una buena venta, y por eso pedía la dotación de media semana.

—De media ¿eh?, y si en media nada pasa, pues se rompen las ligas, ¿entendido?

A la una y diez de la tarde, José Baños, con el sueño batido por la pequeña ración aspirada en el baño del mismo Habana, llegó al Hilton echando el tipo por delante al tiempo que Pablo Díez, de Toluca y acento español, se le colgaba de la manga haciéndole toda clase de preguntas, desde si «ya había toreado en la plaza más grande del mundo», hasta la descripción de lo que podría suceder en las siguientes horas. Baños y Pablito subieron por las escaleras haciendo algo de tiempo. —Vamos a comer, de ahí a un compromiso de la Señora, después veremos la manera de montar el *set.*

Pero nada dijo del auto de Calvo, de la necesidad de dinero para cumplir con los requisitos del *casting,* de la presión de Lucille y de Nabor Uribe, de los hombres y mujeres que rodeaban a la Gran Señora, de esa tensión que Ella carga y libera cuando toma las pastillas. De nada de eso habló porque el asunto debía tratarlo más con *filing,* lo que cuenta en toda obra —murmuró antes de tocar la puerta de la habitación de Pat Newcom quien con cariño los recibió, saludando a Pablito sin cuestionar su presencia, diciendo que en unos momentos saldrían al Taquito.

Díez iba como alucinado, silencioso desde que vio a la Diosa salir y tomar el camino de la puerta trasera del hotel sin que la maniobra resultara eficiente pues un grupo de reporteros aguardaba junto al Cadillac descapotable donde se subieron, la Señora y José adelante, Pat con el impactado Pablito atrás, dándose a tratar de burlar a los periodistas hacia la zona antigua de la ciudad de México, festejada por Marilyn como si fuera la primera vez que viera edificios iguales, hablando sin cesar, haciendo anotaciones en su libreta guinda, tratando a Pablito como viejo amigo y recargada en el hombro de un José Baños fresco, gozador del momento.

Cuando Baños vio a los Vanderbil esperando en una de las mesas de El Taquito, supo que Pat les había avisado, era parte del agradecimiento por la descortesía del escape de la noche anterior y supuso era mejor eso a afrontar una sesión entre cuatro, máxime que Pablito, pese a las atenciones, seguía entre la sorpresa y la incoherencia de apenas pronunciar unas palabras.

Fred y Carla pidieron tequila, cervezas bien frías y algo del menú que abarcara los diferentes platillos, mientras los reporteros se apiñaban cerca y los fotógrafos iluminaban el restaurante, todo dentro de un tumulto que el encargado buscaba amainar: debían respetar la privacía de una comida que se dio tranquila, con la alegría de los comensales quienes miraban a una Diosa probar de todo con manifestaciones de gusto y escuchar los comentarios de Fred o Carla, hechos en voz tan baja que Pepe nunca pudo oír.

Cerca de las cuatro de la tarde, porque la Señora debía dar una conferencia de prensa programada para las tres y media, y que M. M. cuestionó si de veras tenían que irse porque estaba muy contenta, José Baños vio con claridad la figura del periodista Cruz sin que éste, desde lejos, lo saludara. Los Vanderbil no quisieron acompañarlos, quedaron de hablar más tarde despidiéndose en la puerta. Fred abrazaba a Pepe mientras con voz grave pedía cuidara mucho a nuestra amiga, como igual fue la recomendación de Carla, pero con la boca pegada a la orilla de la boca de Pepe:

—La quieren controlar, ten cuidado.

—¿La gente de anoche? —susurró Baños.

—Es terriblemente mala, cuando puedas háblame a este teléfono —y le entregó un papel que José guardó sin consultarlo.

Meses más adelante, el 4 de agosto en la noche, mientras esperaba en el Ships Restaurante de Los Ángeles, José Baños recordaría la rueda de prensa en el hotel Hilton, no sólo por lo tumultario del hecho, sino porque de ahí se empezaron a aclarar ciertas cosas, pero también la serie de acontecimientos sucedidos como si a una presa le abrieran el dique y echara fuera toda el agua que antes se notaba mansa. José recordaría con precisión la maniobra de la Diosa: antes de salir de El Taquito se metió al baño para retocarse el maquillaje, también se dio cuenta que al regreso ella se había despojado de toda la ropa interior quedándose con el vestido de jersey color jade, una mascada del mismo tono y zapatos claros. Recordaría que durante el viaje del restaurante al hotel, los tequilas y la champaña tibia llevaron a la Gran Señora a pronunciar un tumulto de palabras dentro de las cuales se afloraban miedos en relación a la vigilancia de Sam, al juego sucio que se estaba dando entre los señores de Nueva York y la Agencia; también se refería a la gran disposición de los Vanderbil; a la cárcel de las prisas que han regido su vida, sobre todo las de Él, quien nunca se ha detenido para juzgarla como mujer sino como un trozo de su prisa.

En aquel momento José Baños no sabía con certeza quién era ese Él, ni tampoco la razón por la cual la Diosa se extrañara de la relación entre la gente de Nueva York y eso que Ella llamaba Agencia. También desconocía quién era la gente referida y el papel que en todo eso jugaban los Vanderbil, por eso quizá recordara con precisión los sucesos de esa tarde de febrero, porque horas después iría a tomarle la punta de la madeja para seguir lo que la Diosa apuntaba caóticamente mientras iban en el Cadillac seguidos por varios autos llenos de periodistas, donde por cierto, no pudo distinguir a Cruz en medio de ese griterío desordenado que se formó a la entrada de la Diosa, que nunca dejó de tomar champaña, en apariencia feliz por la gran cantidad de periodistas cuya algarabía no se detuvo durante la casi hora de entrevista, Ella bebiendo y lanzando carcajadas largas, salidas de un tumulto interior, similar al que se desarrollaba entre cientos de preguntas y miles de fotos, tomadas desde los ángulos más diversos como los escogidos por una docena de fotógrafos quienes desde el piso usaban las cámaras sin ocultar la sorpresa ante el final de unos muslos protegidos sólo por el corto vestido color jade, necio en trepar por las piernas, socio en esa batahola.

Era inútil tratar de protegerla, Pablito, José y la Newcom se mantuvieron juntos, a la expectativa, primero sorprendidos por la gran cantidad de gente, después Baños con un mareo y cansancio que debía combatir en un lugar solitario, se dio a preguntarle algunas cuestiones a Pat quien contestó a medias, para en un momento decir: cuando termine la rueda de prensa nos acompañas a la habitación. ¿Y Pablito? Que espere en el *lobby*, ahí lo mandamos llamar.

Pasarían marzo, abril, mayo, junio, julio, cuatro días de agosto para que J. B. —esperando en la mesa del Ships Restaurante a que dieran las nueve para hablar con la Señora— recordara las horas y días siguientes a esa entrevista de prensa en el Hilton, no sólo por las fotos que después armaron una tremolina al mostrar el sexo de la Diosa, las poses de Ella entrecerrando los ojos, la boca abierta en estridencias de carcajada, la terca copa en la mano, sostenida por esos dedos larguísimos, las frases festejando su desnudez de abajo del vestido, la opinión de Ella sobre DiMaggio, sobre Miller, su próxima película a filmar al lado de Dean Martin, sino porque Baños machacaría con golpetazos en el estómago, el momento en que a rastras, dando puñetazos y empujones a los sobreexcitados periodistas, lograron sacarla del salón y llevarla cubierta con un chal al elevador —a la guarnición Apache— dijo Pat, a la habitación del hotel en el tercer piso. En medio de la huida le dio instrucciones a Pablito de no abandonar el *lobby.* A la habitación de Pat entraron los tres, la Gran Señora iba perdiendo el impulso de los tequilas, la champaña y las pastillas, Pepe necesitaba algo contra la sed y el sueño, en la Newcom se notaba —por primera vez— la fatiga dando de campanazos al maquillaje, cuando la Diosa dijo: Randy Mandys —repitió Randy Mandys, como un estribillo. Entonces la secretaria se acercó a ella y habló en susurro. M. M. escuchaba sin interrumpir. Pepe se fue al baño, sacó la dosis y la esnifó sin cuidarse de cerrar la puerta. Al salir pudo darse cuenta: las dos lo miraban como si en ese momento existiera algo extra que amalgamara al trío sentado en la sala y sin más, dijeron: en un par de horas, sólo lo necesario para algo de descanso y un baño, saldrían a Taxco.

—¿Posible nos acompañes, Pepe? —se escuchó la voz de la Señora, una voz tranquila, cariñosa, igual a los de una esposa convenciendo a un marido un poco reacio a aceptar alguna propuesta cotidiana.

Con gasolina en el auto, luciendo ropa nueva, Pablito dijo: por dinero nadie iba a poner reparos, esperaría en el *lobby* a que Pepe le avisara para ir por el Cadillac y esperarlos a la salida, misma fórmula repetida ante la Newcom: la Señora está por salir del baño. La secretaria sirvió champaña tibia y con una sonrisilla preguntó si no estaba cansado. Él inició las preguntas en la inteligencia —remarcó— que podría haber temas no discutibles por ser sólo asunto de ellas. De la Señora —puntualizó Pat Newcom, carcajeándose al escuchar sobre ¿quién era el tal Randy Mandy?

—Es esto —señaló la secretaria y sacó unas pastillas—. Hacen menos que lo que tú usas, pero sirven. Quizá más tarde te pida algo de lo tuyo, te aseguro que te lo agradecerán.

—¿Y los Vanderbil? —cambiando el tema.

—Vamos a hospedarnos en la casa de ellos en Taxco. ¿Es tan bonito como dicen? Ah, los amigos, Fred es un norteamericano especial pese a su riqueza. Hace lo posible por evitar guerras entre naciones cercanas.

—¿Con Cuba?

—Entre otros puntos, Pepe, de ahí que lo hayan hostigado tanto, pero tú no debes de preocuparte, la Señora te tiene gran aprecio, lo demás es tan pasajero para ti como este viaje.

—¿Quiénes son Johnny Roselli y Win Scott?

—Seres de la oscuridad, de bandos diferentes. Win es del gobierno, Roselli es de Los Ángeles pero acata órdenes de Nueva York, uno de los hombres de Sam Giancana —al ver en los ojos de Pepe las dudas, aclaró— Sam es el capo de todos, amigo de Sinatra, de Hoffa, de D'Amato, pero sobre todo de sus intereses.

—¿Y qué quieren con Marilyn? Hay cuestiones que siento pero no las preciso —pronunció el nombre de la estrella sin usar los epítetos con que ha marcado la presencia de ella desde los años del cine Roxy.

—Sus relaciones, la opinión de algunos de sus amigos, sobre todo un par cuyos nombres son bombas atómicas, lo que se dice en torno a ciertos asuntos, pero tú nada tienes que ver con eso, eres una grata presencia en estos días de descanso, porque lo de *Something's Got to Give* no está resultando, la cinta ha sido un verdadero martirio. Debes cuidarla, Pepe, darle esa ternura que le han negado.

Cómo alguien podría escatimarle algo a esa mujer, la misma que aparece vestida con unos pantalones pegados, suéter amplio sin disimular el grosor de los pechos, el rostro limpio donde sobresale el lunar en la mejilla izquierda, dientes perfectos, largas pestañas, los aretes negros simulando flores, es Ella detenida en la pantalla de los sueños de Pepe, en el calor que le embarga, sube de tono cuando Ella lo besa en la boca, se toma de su brazo y dice que Taxco los espera.

¿Existiría alguna forma de hacer sentir lo que vibró durante el viaje? Porque no era sólo el tiempo transcurrido a bordo del Cadillac, eran los sueños metidos en otros sueños sin terminar por más que existieran manchas buscando borrar la película, como esos tercos periodistas siguiéndolos en las maniobras de José por despistarlos, o ese otro auto oscuro con placas de Arizona que se pegó sin ninguna discreción, o el Ford azul con placas diplomáticas que no perdía de vista al convertible. José estaba consciente que a partir de ese momento nada podría arrojarlo al basural de una mañana solitaria, ningún bache más lo llenaría de lodo, ningún don Gre le iba a pisar la sombra. En alguna parte de la ciudad de México —admirada por las dos mujeres desde la subida a Tres Marías— estaba la figura de una deslavada Elsa Aguilar con sus turbantes como faros solitarios dando pinceladas a un viaje nocturno, cuyas figuras consistían en una Diosa hecha carne, con un par de conversadores amigos en la parte de atrás del Cadillac cuyo único dueño es José Baños, no el antigualla de Calvo que debe de estar haciendo cruces por la suerte del auto sin imaginarse que sobre esa vestidura de cuero van posadas las mejores nalgas del mundo, el mejor cuerpo del universo, y José Baños conduce el auto, y también realiza una película que nadie de sus contemporáneos —ni de los pioneros del cine— ha logrado siquiera soñar.

Durante los siguientes cinco meses —tiempo transcurrido entre el viaje a Taxco y la noche del 4 de agosto, en que José Baños desde la cabina del Ships Restaurant de Los Ángeles le iba a hablar a la Diosa y así enterarse del sueño que la invadía— en muchas ocasiones —con los eternos apretones en el estómago— tuvo la oportunidad de recordar con detalle lo sucedido en esos días en que Ella, la Diosa, estuviera en México, no sólo por lo representado como noticia, sino porque logró que Pepe subiera peldaños dentro de su carrera cinematográfica. También recordaría con una mezcla de amor angustiado, lo que a partir de la noche de Taxco sucedió, y que quizá ninguno de los cuatro viajantes dentro del Cadillac se imaginaba al recorrer la autopista de Cuernavaca, ver —antes de la curva llamada La Pera— el valle limpio, la ciudad morelense entre luces, el calor sabroso, los insectos nocturnos, los ruidos del trópico, la limpieza del aire, el gusto de la Señora que alzaba de continuo la cara preguntando tantas cosas, haciendo rápidas anotaciones, gritando ser eso la libertad y no la fama. Pepe recordaría a Marilyn hundida en las costillas de él, besándolo de continuo, y en un momento dado Ella le dijo al oído: resulta más fácil ser sexy cuando se piensa en un solo hombre, en uno en particular. Él supuso un claro mensaje. Meses después, es decir, semanas antes del 4 de agosto, él ya no apreciaría con la misma claridad la felicidad de ese viaje, pues a partir de ese momento otro tipo de gallos irían a cantar en las mañanas de su vida.

Taxco se asomó desde varios kilómetros antes. Se perfiló a partir de las curvas en la carretera estrecha. Los cuatro viajeros festejaron la cercanía pues aún con la euforia y las ganas de pasarla bien, la falta de pastillas y papelillos daban matices de cansancio interno a ese viaje que recién empezaba porque la noche era virgen y joven —dijo Pepe— y la frase fuera festejada utilizándola parte del camino que de ancho en la supercarretera se estrechó para subir por esas cuestas mineras hasta llegar, cerca de las once de la noche, a la entrada de la población donde un auto los esperaba para guiarlos a la casa de los Vanderbil, de tres niveles, con arcos, acondicionada con pesados muebles tipo colonial —muy admirados por la Señora— salas inmensas con candiles de hierro, piscina con gardenias en el agua e iluminada igual a un cuadro con motivos mexicanos de los muchos colgando en las paredes altas. Fred y Carla esperaban al borde de la escalinata con una charola en la mano, seis copas contenido un líquido espeso, como si fuera nieve un poco aguada:

—Se llama margarita, es lo mejor para el calor y para revivir a los que llegan un poco cansados. M. M. pidió escuchar de nuevo el nombre de la bebida y lo anotó, de seguro con otros datos, porque se entretuvo escribiendo quizá un par de minutos. Los cuatro bebieron alabando el sabor de la margarrita —como M. M. decía— y entonces la Diosa, con voz delicada, cantó en honor a un amigo llamado Randy Mandy, único si se acompaña de alcohol porque con agua se transforma en sueño, y esta noche nadie debía dormir, están en un lugar bellísimo, construido entre las cañadas de unos cerros continuos, con las luces del pueblo abajo, las calles estrechas, la iglesia barroca, iluminada en honor de la más bella artista de la pantalla del mundo —dijo Fred— y la más talentosa —remarcó José Baños— lo que hizo que la Gran Señora lo besara largamente, ahí, enfrente de quienes aplaudieron.

En una de las salas de la residencia fueron presentados: el presidente municipal de la ciudad, su señora esposa —vestida con un traje entallado azul y un sombrero con plumas de pavoreal—. El general Briones, de la zona militar y su esposa, doña Tilita —de traje negro con adornos en el vientre lo que hacía resaltar su generoso pecho que, de inmediato, en un acto descarado, trató de medir contra los de la Diosa, que saludaba como si los ahí reunidos fueran sus amigos de toda la vida—. Ante el gusto de la concurrencia, Marilyn alababa y bebía margarritas pese al señalamiento del general: esa bebida es como el amor de los mexicanos, suavecito pero muy enconoso. Fred le tradujo lo que el militar decía y ella rió dejando ver parte de los muslos. En forma disimulada se echó a la boca otra cápsula. La Monroe se mantenía del brazo de José sin alardear de que el hombre fuera su pareja, pero las caravanas y cortesías de los presentes al cineasta daban por hecho esa relación. La noche y la fiesta estaban en pleno apogeo cuando Baños hizo una seña a Pablito y los dos salieron de la casa. No tardaron mucho en regresar. Pat, bebiendo con moderación, frunció el ceño. Pablito en voz baja algo le dijo y entonces el rostro de la secretaria cambió por una ancha sonrisa.

Cerca de las once de la mañana del día siguiente, mientras desayunaban en el Bar Paco porque la vista desde ese restaurante es privilegiada —habían explicado Carla y Fred— Pablito habría de recordar el contraste entre la tranquilidad de ese desayuno, donde una serena Señora Platinada admiraba Santa Prisca haciendo anotaciones en su libreta, aún con los sonidos del transcurrir de la fiesta: la alegría de todos, la terquedad de doña Tilita en medir sus pechos contra los de Marilyn. Pablito, con gusto y apretando la mano de Pat, tendría en mente la despedida de los invitados, la actitud de la Diosa quien se notaba ebria, sin zapatos, semitumbada en un sillón, de cómo Pepe recomendó en voz baja a la Newcom que le diera a oler el contenido de un papelillo y la secretaria se llevara a un rincón a la estrella y ambas regresaran como si apenas el festín se iniciara.

José ya tenía de acuerdo a los Vanderbil. Hizo una seña a Pablito y éste salió a encontrarse con los mariachis que aguardaban cerca de la entrada. No era uno, sino cuatro grupos musicales, más de cuarenta personas que ya se habían puesto de acuerdo. Pablito los situó bajo la ventana de la habitación de la Gran Señora y mientras Pepe decía tener una sorpresa y conducirla a su cuarto, el español-toluqueño dio instrucciones de tal manera que cuando ella apareció en el balcón —y Pepe recorría a trancos el camino de regreso para encabezar la serenata— el conjunto de varios conjuntos inició aquella de *hay unos ojos que si me miran hacen que mi alma tiemble de amor...* y José Baños estaba enfrente de todos, como el gran dador de las palabras, el señor de la noche, el amo de las notas, el rey de la música, el director de la película que se estaba filmando en una residencia situada en Taxco, la ciudad colonial de un país que era tibieza y aire fresco, llevando la melodía, dirigida por un apasionado hombre, alto, de manos huesudas, de anillo rojizo, de cabello ondulado, y Ella, la Estrella, observaba impactada por ese gentío musical de abajo, vestido con trajes de adornos metálicos cantando lo que era ya traducido por Carla... *gozando siempre de sus destellos, ojos más bellos no he visto yo....* Durante dos piezas más Pepe se estuvo al frente del conjunto, después algo ordenó a los mariachis y subió corriendo. Él fue quien siguió con la traducción en lugar de Carla, que discretamente había abandonado la habitación.

Meses después, horas antes de que la noticia de la muerte de Marilyn Monroe desplazara las notas sobre la crisis cubano-norteamericana, dejando de lado la agonía de Charles Laugthon, ni saturara los diarios del mundo con relatos sobre la estrella, su vida y amoríos, José Baños, con el teléfono en la mano, oprimido ante la soledad de una ciudad como Los Ángeles, parado en la cabina del Ships Restaurante, tuvo que recordar aquella noche de Taxco cuando entró a la habitación y vio la silueta de la Mujer enmarcada en la puerta de la terraza, el sonido de la música de los mariachis, la tibieza del aire, el perfume que venía del jardín. Recordaría el panorama entero, incluyendo el sonido de sus pasos disimulados por la alfombra, y cómo la abrazó sintiendo claramente el reclamo de las nalgas de ella removiendo el sexo del hombre que lo incrustó en el tajo, el calor de un cuerpo protegido por una tela que a poco él fuera quitando mientras le hablaba y le hablaba en español, deseando hacer sentir su amor a través de esas palabras desparramadas sin retén, frente a una mujer que las escuchaba como si comprendiera el cabal significado de cada una de ellas. Sin despegarse de ese cuerpo la fue llevando a la cama, ella movía los hombros como queriendo atrapar con ese movimiento el pecho del hombre amalgamado a su espalda. La tendió y le quitó con lentitud el vestido para iniciar una serie de besos a su vez uno solo salivado en cada recodo, sin importar el olor fuerte de la vulva, sin importar que la mujer iniciara un llanto débil, hablara de caderas y de música, se quejara al sentirlo chupar los dedos de los pies y entre beso y caricia Pepe se fuera quitando la ropa y desnudo alzarse contra la luz del cielo y M. M. mirara cada parte, mostrándole las manos para llevarlo contra una ella gimiente, revolviéndose el cabello dorado, de tono desigual al del sexo que él sintió contra la lengua, contra el paladar, contra ese sabor agitado por los líquidos encerrados entre los muslos tan abiertos que marcaban duros la musculatura. Él no quiso penetrarla como la mujer urgía, se dio a recorrer cada espacio sin dejar de lado nada por donde no cupiera la lengua o la punta de los dedos. Marcó la maniobra en forma lenta, gozando y haciendo gozar, mientras la música de los mariachis seguía en el jardín —como seguiría hasta la claridad de la mañana— y Taxco iluminado, lo barroco de Santa Prisca estaba afuera esperando que José Baños con la verga hinchada, abriera las piernas a una Diosa tumbada boca abajo, murmurando penas reclamos e insistencias para que el hombre no desistiera en lo que empezaba a hacer en medio de los quejidos jadeados.

Entonces

I

Ricardo Cruz conocía los burdeles que funcionan sin descanso, calles escondidas, bares, sitios donde se consigue desde un jovencito hasta cualquier mercancía, cabarets de lujo, los de shows de todo tipo, hoteles donde se permite el silencio cómplice, taquerías, piqueras, recovecos, y las redacciones de los diarios.

Así como podía moverse con soltura por el Distrito Federal, también era experto en reconocer a los personajes de la vida pública, olfatear los chismes y las posibilidades, intuir en qué sitio se podría originar la nota, usar a sus conocidos para meterse a donde fuera, valerse del carnet de periodista para brincar lo que topara, o colgarse del hilo que estuviera a la mano para llegar al origen del murmullo, de tal manera que cuando Win le pidió verse en el Sanborn's de Niza a las diez de la mañana de un día de la última semana de febrero, Cruz supo que el tipo deseaba aparentar un encuentro casual y público —dos amigos tomando ese café de Sanborn's que altera los nervios al más pintado. Además, con el puro nombre, trataba de alertar a Cruz. Claro, era Win Scott, de la embajada yanqui, de esos hombres eternizados en un país sin aprender bien el idioma, suponiendo que la candidez de la gente impide saber sobre sus verdaderos trabajos.

Cruz no hizo lo que de seguro ya Win había hecho: analizar el expediente del periodista para estar seguro de que el escogido era el adecuado, no, Cruz de memoria podía recitar un perfil del norteamericano. Trabajos en Guatemala de Castillo Armas. Un par de asuntos en Nicaragua para apoyar unos disturbios en contra de Somoza. En fin —pensó Ricardo Cruz mientras caminaba por el Paseo de la Reforma rumbo a la entrevista, Win Scott era el operador de la embajada, y si pidió una cita fue porque algo bueno traía entre manos. Desde casi un año antes no se habían reunido después de algunos asuntos, uno de ellos el de la revisión de los portafolios de los cubanos, donde el contacto patriótico fue Lucille Park, reclutada por Cruz a nombre de un amigo preocupado por la situación mundial, encargándole averiguar las relaciones del marido de ella con unos cubanos de nombres Orestes Portocarrero y Alberto Molina, así como del uruguayo llamado Dante Jordán.

Cruz sabía que Lucille era inexperta en las labores de la Agencia, era como otros muchos que estaban de parte de uno de los bandos contribuyendo a llevar datos, las más de las veces inútiles. Pero en aquella ocasión, las declaraciones de Castro, la invasión a Playa Girón, la presencia de los cubanos en México, su relación con José Baños, le permitieron encontrar en Lucille una posible conexión de muchos ramajes. En la medida —ahora mientras camina rumbo a la cita casi recuerda las palabras de la mujer rubia y regordeta— de que José Baños, al guardar los portafolios o la maleta, actuaba más por cariño a las personas que por estar implicado ideológicamente con la causa cubana. Cierto que los papeles guardados en tres portafolios y dejados al cuidado de José Baños sirvieron para reafirmar nombres de funcionarios mexicanos que apoyaban a Castro, planes para ayudar a la gente del barbón en países latinoamericanos, notas sobre los contrarrevolucionarios que actuaban en Cuba, en verdad nada nuevo ofrecieron. El hecho positivo era tener en Baños un posible contacto con las personas del cine, y ese tipo de líneas nunca quedaban en blanco a los ojos de la Agencia.

Pero el hecho de no haber repasado la ficha de Win por saberla de memoria, no implicaba que el periodista fuera con la mente en blanco. Sabía del valor de una cita directa con el hombre de la embajada y la posibilidad de trabajo, ¿pero cuál era?, ¿de qué se trataba ahora cuando las pasiones andan desatadas? Era asunto de cubanos, porque desde la Conferencia de Punta del Este, México estaba convertido en una especie de Portugal en la segunda guerra, donde se reunían los agentes de varias naciones. En México —el único país que no rechazaba la posición de Fidel Castro— el intríngulis se daba entre los yanquis y los cubanos, por eso suponía ser ése el asunto, nada sencillo, a la altura de preguntarse: ¿qué buscaría Win Scott para citarlo esa mañana en Sanborn's de la calle de Niza?, o bien, ¿sería otro el asunto que preocupara de tal manera a Win para dignarse a charlar con alguien a quien siempre ha tenido como informante de menor escala? Tenía que reconocerlo, Cruz no alcanzaba los tamaños para ser parte de una conversación con el hombre de la Agencia, pero las cosas —se repitió apretando el paso— no siempre quedan del mismo tamaño, a veces se levantan o se achatan —pensó al entrar captando el olor que siempre se percibe en cualquiera de esos establecimientos, como si estuvieran preparado nueces de la India, almendras.

El rostro regordete, en apariencia cándido de Scott, se mantuvo dentro de lo que Cruz llamaba *poker face*, pues mientras hablaba ninguna sonrisa marcó los labios del norteamericano. Win sabía del valor de su tiempo. No utilizó las innumerables ceremonias de cortesía a que son tan dados los mexicanos, ni mostró el disgusto que le causaba la apariencia de ese hombre. Sin ofrecer flancos buscó la forma de cumplir con lo que llevaba en mente: algunas personas van a lo que van sabiendo del estorbo de las muchas palabras. Entonces comentó: en unos días —sin precisar la fecha— llegaría a México la señora Marilyn Monroe —lo dijo sin hacer caso a las demostraciones de sorpresa del periodista— y les gustaría mucho que don Ricardo hiciera un largo reportaje sobre esa visita, un texto que sería publicado en los Estados Unidos. Le sugería no dejar a la estrella ni un momento, reportear cada uno de sus movimientos, con cada gente que se entrevistara, los sitios visitados, las palabras pronunciadas tanto en público, así como las que pudiera —un periodista de la habilidad y audacia de Cruz— obtener en privado. Debería ser un trabajo confidencial para no echar a perder la exclusiva que se iba a publicar en una cadena de periódicos de su país. Por supuesto, el pago iba acorde al trabajo, una parte hoy y la otra cuando la artista saliera de México.

Win Scott desconfiaba de los mexicanos untuosos que le dan vueltas y vueltas a las palabras, utilizan siempre el diminutivo y jamás aceptan estar metidos en un negocio poco claro. Esa desconfianza en el trato era parte del juego, saber utilizar las máscaras que ellos mismos usan, entender el valor de las letras debajo de cada una de ellas, dichas en tonos no siempre reales, así, en este caso, él, Win Scott, mortalmente aburrido de esos encuentros con tipos que están lejos de ser unos verdaderos profesionales, debía superar la impaciencia porque ése era su trabajo, eso había de aceptarlo, comportarse de acuerdo a los matices propios en cada caso, porque no era lo mismo tratar a gente de la calaña de ese ceremonioso tipo frente a él, que enfrascarse en las incisivas charlas con el secretario de Gobernación, por supuesto no era lo mismo. Con el poblano Díaz la esgrima se daba desde el saludo, desde la forma de estrechar la mano, espadachines sabiendo que ambos poseían información que aprieta o distiende, dependiendo no sólo del mal humor del secretario, sino de las cartas por ambos jugadas en ese momento. Díaz Ordaz iba a lo suyo, tenía el proyecto de ocupar la silla —como los mexicanos le dicen a la Presidencia— sabiendo que los reportes de la embajada, de Win Scott para hablar claro, podían influir en su futuro. No siempre era posible hablar con don Gustavo, a veces debía de hacerlo con el subsecretario Echeverría, frío, sin usar nunca una sonrisa, mencionando a cada momento el nombre del presidente y del secretario, con un desagrado hacia lo que oliera a yanqui. Parte de un trabajo nada fácil, con el handicap de Texas o Arizona y los demás estados que ellos aún no aceptan haber perdido. Nada fácil por los recovecos del secretario Díaz, como tampoco era fácil hacerlo con el presidente López Mateos, aun cuando en varias ocasiones ya se habían reunido debido a las declaraciones del líder del Senado, sin olvidar la actuación de algunos funcionarios públicos, las actitudes del general Cárdenas siempre al borde de la disidencia. Ahora debía aguantar a Cruz, la retahíla de palabras del hombre ese, mugroso, con el saco arrugado como higo, a quien se le deberá administrar a cuenta gotas la información. Por eso lo deja que hable: por fortuna el señor Win había escogido al hombre adecuado; enseguida enumerar las sabrosas —así las definió— crónicas por él realizadas, la visita de algunos mandatarios extranjeros, la descripción de sitios turísticos, la memoria de la ciudad de los palacios —así calificó al Distrito Federal— el reportaje sobre las artes de México, sin olvidar, amigo Win, que dispongo de tiempo completo para este trabajo, en mucho puedo ayudar a la buena imagen que nuestro país tiene ya en el extranjero, de tal manera que si se pudiera conseguir, aparte del sueldo que todo profesional debe obtener, un apoyo para viáticos, traslados, extras que nunca faltan, pues hoy mismo podría solicitar un permiso para no tener que ir al periódico por lo menos en una semana.

—¿O usted cree que se quede más la señora?

Esas vueltas para todo, esas cortesías que enfadan y tanto sacan de quicio a los novatos que llegan a México creyendo que es muy sencillo tratar con esos indianos que traen puesta la máscara como parte de su atuendo personal. Antesalas que se deben de hacer sólo porque atender rápido al visitante es sinónimo de blandura. Una negociación iniciada con los mil perdones por la espera y las demás frases sin sentido, el pase usted, el salud cuando se estornuda, el buen provecho para después de la comida, los sueños nunca cumplidos, el yanqui vete a casa entremezclado con una absoluta caravana si el trato es personal. Es eso y mucho más lo que Win Scott cabalmente no entiende, pero durante sus vacaciones en Iowa extraña: el sabor de la comida, las fiestas y el ruidero, esos olores picantes, la gracia altiva de las mujeres envueltas en vestidos las más de las veces desbalanceados a su nivel de ingresos. Los hombres con su patético amor por los autos lujosos. Este país que tiene tanto de los otros del sur y a su vez tan nada, con gente como ese llamado Cruz que toma el sobre, lo guarda, extiende la mano al tiempo de decir: si don Win cree conveniente irle dando los avances del trabajo conforme la señora vaya terminando su día, es decir, insiste, si don Win supone: ¿se le debe enterar lo que haga la señora minuto a minuto? ¿Existe, de casualidad, alguna otra petición que crea conveniente de una vez explicar?

Win Scott nunca ha creído en las casualidades, éstas se analizan a tenor del trabajo. Las casualidades son parte de lo no programado, de una serie de hechos que por lo general ofrecen un panorama digno de cuidar, no susceptibles de abandonarlas por creer que no existen, todo tiene un significado más allá de lo que en apariencia se ve, entiende lo que el hombre mal vestido trata de decirle: significa ponerse incondicionalmente a sus órdenes, que mientras el dinero fluya no surgirán más cambios, si no es que hay otro dinero más apetecible, ese asunto ya habrá manera de contrarrestarlo porque Cruz no será el único, habrá otras cruces asegurando la información, no sólo la entregada por el periodista mediante un arreglo armado esa mañana, en un sitio tan público como es Sanborn's —porque sólo los amateurs suponen que el coser de las amarras se debe realizar en lugares oscuros o apartados— con un desaliñado Ricardo Cruz quien zalamero se levanta, muestra un block de notas golpeándolo con la punta del dedo, guiñando un ojo en señal de entendimiento, y sale a la calle de Niza.

El de la embajada lo sigue con la vista, quizá por una degeneración profesional, quizá por ver que ha terminado con el arreglo y ahora vienen las otras cuestiones, las de fondo. Lo ve cruzar la calle rumbo al Paseo de la Reforma, y piensa: a él nunca le dan los trabajitos sencillos, siempre al borde del ridículo o del descrédito —a estas alturas de su vida, del peligro que representa una mujer con acceso a lo que la Monroe tiene, un paso en falso sería observado con lupa por los jefes, no en vano los contactos de la Monroe en la Casa Blanca, en los pasillos del procurador de Justicia.

Mira de nuevo la espalda de Cruz, su arrugada americana, lo desaliñado de los pantalones, ese caminar de comadreja asustada, atisbando para todos lados, llevando en las manos un montón de papeles. Win Scott paga la cuenta, hace rechinar los dientes quizá reafirmando sus pensamientos, quizá renegando de la enorme variedad de tipos que en la vida ha tenido que tratar, desde sus lejanos tiempos en Nicaragua —cuando la novedad andaba de jolgorio— hasta ahora o mañana, porque nunca falta el reptil pasándose de listo, de las más variadas figuras y físicos, ricos y no, estudiantes, amas de casa y choferes de taxi, él lo sabe, en su especialidad no existen los cartabones ni las casualidades, debe entonces adelantarse a lo que deparen las circunstancias, poner en la balanza su oficio, su intuición en la jugada, su percepción ante las órdenes, así es su trabajo, el único que tiene, del que depende su jubilación cuando llegue la fecha del retiro.

II

Pablito Díez, sin disimular la sorpresa pese al codazo de Baños, se dio a una tarea doble: revisar la casa, e identificar a los personajes que desde todos los puntos y rincones de la residencia levantaban la cara para admirar a la Gran Señora, con un vestido negro, de lentejuelas, cuyo escote se metía a la mitad de los pechos y los tirantes se anudaban a una espalda descubierta, blanca, sin un solo granito o impureza.

La Estrella iba del brazo de José Baños, atrás los Vanderbil, Pat y Pablito, que desde su silencio iba pensando —con ceceos y jolines— que los relatos sobre la casa del Indio quedaban cortos ante los muros altísimos, la inmensidad de las habitaciones, los adornos, los trofeos y diplomas, las sillas de montar desperdigadas en cualquier sitio, los muchos cuadros con el tema de mujeres. Los techos y paredes de roca volcánica contrastando con secciones donde el corte de una iglesia marcaba un giro inesperado. Jamás el toluqueño-español supuso que esa residencia fuera tan imponente, tan árida pese a los adornos, una roca inmensa —entre templo azteca y católico— hecha habitaciones. Díez reputeó y se recagó en la leche, se dio cuenta que la casa del Indio era un *set* cinematográfico donde una película eterna se rodaba con el mismo director pero con diferentes artistas: una atemorizada Columba Domínguez, con una amada Olivia de Havilland —aun cuando ésta nunca hubiera sido ni siquiera conocida de Fernández— una regordeta Silvia Pinal, una acartabonada Dolores, con una altiva Doña, y cientos de «extras» que por ahí habían desfilado: cantantes de moda, artistas en busca de una oportunidad, señorones como Leone y Figueroa, vagabundos, políticos como Uruchurtu y el doctor Álvarez Amézquita, Lucha Villa y su voz ronca, Luis Aguilar con su alegría. Traficantes como el Piscacha o personas que bordeaban entre el arte y el asalto, como Juan Cañedo. Ninguno de ellos —y otros más— se salvaban de ser «extras», pues el papel principal lo otorgaba el Indio, y sólo existía uno, el del propio director de la película rodada sin cesar en la casona de Coyoacán a donde habían llegado casi hora y media tarde pues la Señora de Platino se había encerrado, junto con Pepe, pidiendo champaña y canciones para Randy Mandy, desde que la tarde empezó a pardear en la ciudad de México.

M. M. frenó su avance nada más pasando el portón de la calle. En silencio estuvo observando los trazos de la arquitectura. Se acercó a Pepe y le dijo: eso era impresionante pero ella no aguantaría vivir ahí ni una semana. —Me gustan las casas abiertas, de jardines amplios. Regresando me voy a cambiar a una muy diferente a ésta. Me da miedo, Pepe.

Fred y Carla mencionaron ya haber estado ahí por lo menos en un par de ocasiones, y pese a ello aún admiraban la alberca parecida a un lago perdido contra el espesor y altura de los muros de un castillo de horror, o de imaginación sin límites, eso es, dijeron, la casa demuestra la imaginación de quien la ideó, sólo el Indio, porque nadie más hubiera tenido esa visión mexicana, tan sórdida y bella para ser una casa —insistían los Vanderbil— mientras mostraban la mole de lava recortada contra el cielo, los recodos, plazoletas, escalinatas, cuando desde una de ellas, con la copa en la mano y el puro echando humo como motonave, el Indio, vestido de charro, negro el atuendo y los bigotes brillantes, se dejó llegar saludando a todos con grandes abrazos, pero con la Diosa los manotones y apretones fueron acompañados de alabanzas a su trabajo y a la belleza más pura del planeta.

Pepe, los Vanderbil y Pablito se habían puesto de acuerdo durante el viaje del hotel al sur de la ciudad —a un barrio muy bello llamado Coyoacán, dijo Fred— en ir relatando a la Diosa y a Pat lo importante de la fiesta, tanto en la calidad y cantidad de los invitados, como algunos de los acontecimientos que de seguro se iban a llevar a cabo en la casa del Indio: mariachis, cantantes, bailables, escenas de celos, seudoinvitados, mujeres bellas, una actuación continua por parte de los comensales. La Gran Señora dijo: así es el mundo del cine en cualquier parte.

Después Carla y Fred, con algo de ayuda de Pepe, describieron la forma de ser del anfitrión, su personalidad contrastante, sus conocidas juergas, sus actitudes de macho a caballo, su genialidad para dirigir, su famoso mal humor, sus amoríos, sus relaciones y contactos en el mundo del cine. Antes del arribo la Gran Señora estaba al tanto de lo que se iba a encontrar aun cuando Pablito ponía en duda si la Diosa estuviera en verdad atenta a lo que le decían por más que ella, como siempre, tomaba notas sobre los sucesos, o sobre lo que no quería olvidar. Bajaron del auto, M. M. insistió: si olvidaba algo, ellos se lo recordaran para anotarlo porque tenía miedo que en alguna parte de la cabeza se arrumbaba mucho de lo que ve o le dicen.

—Ustedes no quieren que me crean una tonta rubia que nada sabe, ¿verdad? —dulcificando el tono, mientras tomada de la mano de José se dirigía hacia los muros de piedra volcánica de la casa del Indio Fernández.

No hubo necesidad de que Pepe o los Vanderbil le dieran las explicaciones necesarias pues el propio dueño de la mansión le fue detallando los objetos, las pinturas —ésta es Dolores y éstas dos, Columba. Esta otra obra de arte, señaló aplaudiendo, es un Diego Rivera y la bella modelo es la gran amiga Carla, quien cerró los ojos y bajó la cabeza ruborizándose, cobijada por el brazo de su marido. Las colecciones, los recuerdos de viajes, el porqué de una fotografía y quiénes eran sus protagonistas, los diplomas y los carteles de sus películas. Llevaba prendida de la mano a la Diosa mientras Pepe, con la cara amarga, escuchaba explicaciones combinadas con presentaciones de quienes se acercaban o cruzaban en el *tour* por la mansión Fernández: Bernabé Jurado, el abogado más hábil del país, cuando se le ofrezca arreglar cualquier asunto aquí tienen la solución —sin decir que en esos días Bernabé, gordo, de bigote, vestido de oscuro y con chaleco— había sido acusado de secuestrar a tres hijos del aviador Telémaco Lara. Arturo de Córdoba, nuestro mejor galán. Carlos Navarro pronto será la figura del país. Pedro Armendáriz, muy amigo de John Wayne —sin decir que el actor mexicano andaba en líos con el guionista García Travesí. El Piporro, por ahora uno de los artistas más taquilleros de México, lo estoy convenciendo para que filmemos juntos pero no se deja.

—¿Nos hablamos sin el odiado tú? Emilio, dime Emilio.

Luis Spota, gran novelista —sin decir que Luis andaba de la greña con el dramaturgo Carballido por el asunto de una obra de teatro. Tony, digo, Antonio Aguilar, buen actor y mejor cantante, acaba de filmar con Toshiro Mifune. La más importante cantadora de México, se llama Lola Beltrán, aquí presente, y mire quién la acompaña, uno de nuestros mejores toreros, Alfredo Leal, su feliz marido. José Baños, entre saludo y saludo, buscaba el rostro de Armando Calvo (que no se vaya a aparecer, carajo). Kity de Hoyos, guapísima, ¿verdad? Para entonces ya estaba cerca Columba Domínguez, vestida con un traje de tehuana, a quien el Indio besó con tierna dureza presentándola como una gran actriz, y más aún, querida amiga, la compañera de éste, su servidor; la única compañera que en verdad tengo —repitió mientras apretaba el brazo de la Diosa.

Los nombres de las personalidades mexicanas se sucedieron uno tras otro mientras José iba atrás de la Señora de Platino quien nunca olvidó su presencia mostrando su afecto, besándolo, sin dejar de saludar y reír por las palabras en torrente que soltaba el director Fernández, el que al presentar a quien quizá no consideraba importante sólo movía la mano para introducir al desconocido, o al que quizá en ese momento se le escapara el nombre y actividad. Así tuvo cerca a Johnny Roselli, quien muy ceremonioso dijo ya tener el placer de conocer a la señora; a Alma Benavides, vestida con un traje sastre, saludó a la estrella, ésta, al parecer, no la recordaba.

Recorrieron la mayor parte de la mansión —yo soñaba con esta casa para tener un lugar donde soñar, repetía el director. Se situaron en una de las esquinas de la enorme estancia, la Señora abrazaba a un displicente José Baños, quien escuchó muy cerca la voz tierna de ella decir: estaba dispuesta a pasar una noche estupenda con la música y unas mujeres que bailaban algo zapateado, la bebida y la gente cerca de ella, sin atosigarla, sin romper esa barrera que el director colocaba y unos cuantos podían violar, como el secretario del Presidente, un licenciado de apellido Romero —ojos achinados, piel sudada, cabellos relamidos. Pepe recordó la fiesta de los Armida, cuando inició sus relaciones con Lucille. El señor presidente mandaba saludos disculpándose por no asistir. Pedro Armendáriz hacía gala de su buen inglés y de la amistad con artistas de Hollywood. El escritor Spota, de corbata de moño, se dio a hacer preguntas para incluirlas en una entrevista. Una bella mujer —seria, de piel apiñonada y ojos muy negros— de nombre Elsa Aguilar. Un señor robusto, de puro, de manos fofas y enjoyadas, don Gre, a quien todos saludaban con respeto.

Pepe no trataba de meterse en la charla de la estrella, menos cuando algún personaje le era desagradable, no deseaba que ella se diera cuenta de su real situación entre esa su supuesta gente. Se dio a mirar el escenario y pudo ver, cerca de una de las tres barras pletóricas de botellas y bebedores, a Ricardo Cruz haciéndole señas cordiales, a Bermúdez, bebiendo en silencio sin perder detalle, y a un gran número de sus clientes en las ventas de lo que el Piscacha a diario le comisionaba en el café Habana, como también pudo observar, más tarde, una charla entre Johnny Roselli, Alma Benavides y Ricardo Cruz.

Con el sombrero de charro echado hacia atrás, las piernas bien abiertas y la sonrisa hecha dientes el Indio gritó obsequioso, ésa, toda, era su casa, Ella era la dueña, lo que deseara hacer, lo que deseara pedir, de inmediato se lo traería. —Aquí tus deseos son órdenes, tus caprichos verdades, tus secretos tumbas, tu mirada horizonte, la casa está dispuesta para entregar la gran noche de tu vida en este país que te admira.

Se inició la música, al centro del salón una pareja de cantantes, los hermanos Záizar. Después una mujer bravía entonó piezas con los mariachis. El desfile de gente y de risas, las invitaciones, los abrazos estrechos frente a un José Baños que se mantenía cerca de la Gran Señora, quien de vez en cuando algo le decía al oído.

La Diosa entró a otro baño, al de su habitación en el hotel Hilton, de la misma forma en que varias veces lo había hecho en la casa del Indio: trastabillante, con los ojos llenos de sueño, y salió igual como lo hizo durante la fiesta: vitalizada, con el maquillaje perfecto, sin la sombra de miedo que la acosa cuando no tiene cerca a su amigo Randy Mandy, o el contenido de los papelillos que José —Pepe, a ella le gusta más decirle Pepe, porque lo de José le recuerda malos tiempos, espaguetis durante el día, celos a todas horas— sí, Pepe, le entrega con una complicidad armada a base de palabras al oído, o diciendo, así en voz alta, que al fin nadie comprende el mensaje, de lo bueno que es el Randy Mandy mexicano.

La fiesta seguía en grande cuando la Gran Señora dijo tener que retirarse después que Pat lo anunciara varias veces sin que nadie —menos el Indio— le hiciera caso. Empujando con cordial firmeza a quienes trataban con cariño pero con terquedad de impedir que la Diosa se fuera, los seis salieron a la frescura de la calle, en ese barrio oloroso a flores, sin más ruidos que el opaco de la casa de piedra. Para no interrumpirla, nadie hizo comentarios de lo sucedido en el castillo del director. La Gran Señora iba con los ojos cerrados, aspirando con ritmo. Casi al llegar al hotel, M. M. con voz pastosa dijo: había sido una linda noche, con gente maravillosa, después pidió la llevaran donde se pudieran comprar algunos muebles iguales a los de la casa del Indio, no iguales de siniestros, pero sí mexicanos, porque quería decorar con ellos su casa de Los Ángeles, una casa recién adquirida: sólo ustedes cuatro, y Pat, por supuesto, están enterados de eso.

Él ya estaba bajo las sábanas cuando ella seguía haciendo anotaciones, preguntando sobre la razón de los bailables, por el rostro de Lola Beltrán cantando Cucurrucucú, la impresión al ver las manos de la cantante, lo apuesto del marido

—el torero Leal—, de la borrachera que cargaba el dueño de la casa, la forma de tratar a su esposa, la señora Domínguez. Pepe contestaba, aclaraba nombres, rectificaba cargos, sentenciaba sobre el trabajo de uno y de otro mientras le acariciaba los pechos, le tocaba el pubis seco, como ausente de la cama. Los dos habían snifado una dosis, el sueño no llegaba a la habitación del hotel. La Diosa flotaba en otros mundos sin buscar el rostro del hombre permitiendo que las manos de él entraran por donde quisieran.

José Baños sabía cuándo y cómo hacer las cosas, cambió de tono las caricias sin dejar de tocar a la Diosa. Eran los mismos dedos y las mismas manos en los mismos sitios, sólo que ahora éstos eran recorridos con un paso por la dulzura, la noche andaba en puntos diferentes y era mejor sentir la compañía al despertar, que la soledad de unos actos ahora no requeridos. En alguna ocasión una poeta amiga de Bermúdez dijo: mejor despertar con un amigo muerto que con un amigo triste, y Pepe se quedó pensando en eso, como piensa cuando la Diosa toma la mano, la pone sobre su pecho después de besarla y hacer sentir el ritmo de una respiración que manifiesta la tranquilidad de tenerlo junto, sin llegar a la violencia de otras noches. La mujer buscaba alianzas después de pastillas y tragos, cocaína y comida pesada. El hombre cerró los ojos pensando en detalles de la fiesta, recordando la calidez con que Ricardo Cruz saludó al gran José Baños, un cineasta de primera línea a quien le estaría eternamente agradecido si lograba que la señora Monroe le diera una entrevista exclusiva.

Recordaría también la charla de Marilyn con Johnny Roselli, el rostro del gringo mostraba huellas de una irritación que por unos momentos hizo cambiar el humor de la señora hasta que Pat la acompañó al baño. Llegarían de nuevo las palabras de Alma Benavides diciendo: estaba para servir, y así el tiempo de la señora Monroe fuera de lo más agradable en México. Una gran cantidad de personas deseaban invitarla: si quiere ir a Acapulco o a Yucatán a ver las ruinas, es cosa de que Pepe lo diga y de inmediato tendrían un avión a su servicio y sitios maravillosos donde quedarse. —Recuerde, estimado José, ella puede ser una gran propagandista de lo que en verdad es nuestro país, porque luego nuestros primos nos suponen una nación de comunistas irredentos —masculló Alma con una sonrisa hueca. ¿Era la atracción sexual de la Diosa sobre la Benavides lo que motivaba a ésta a tratar de acercársele? ¿era alguna de las oscuridades en torno a la Señora de Platino?

Su película, la cinta que tarde o temprano iba a rodar estaba ahí, era parte de eso, pero la figura de la Diosa que quizá fingía dormir a su lado llenaba los espacios de sus sueños, los cuadrados de sus anhelos regados desde el Cine Roxy, amamantados por los pechos de Satín, navajeados por Gabriela, despreciados por Elsa y por un don Gre que durante la fiesta no se dignó a mirarlo —diferente a la mirada de entre rabia y celos de la Aguilar, quien durante toda la noche no dejó de pasearse frente a él, lanzar carcajadas al menor motivo, erguir la figura de piel morena como si deseara competir con la mujer que fuera.

Con los rayones dados por el sueño ahora penetrando la trinchera de la cocaína sabe: algo más allá anda girando en círculos amplios: lo dicho por Pat, las confesiones de Marilyn, las acechanzas de Johnny Roselli, quien se le acercó en un momento en que la gente se distraía por la pelea de gallos escenificada en el jardín de la casa, y después de comentar lo excitante que le resultaban esos festejos, se diera a recordar la bella noche en el Patio, diciendo: en el momento en que don José decidiera, lo invitaba a almorzar pues ambos tenían muchas cosas en común y era lógico que intercambiaran datos.

—¿Qué clase de datos debemos compartir?

—No, no se altere, respeto su calidad de hombre, no se trata de lo que está pensando. Me refiero a los comentarios que la señora debe de hacer en relación al mundo que frecuenta en los Estados Unidos. Por favor, no me malinterprete —dicho esto en tono muy suave, como si un águila estuviera fingiendo el piar de un polluelo.

José, echando un dado al tapete, un albur con baraja española, un dinero al gallo menos favorecido pero de buenos espolones, le dijo despacio, muy despacio para que el figurín ese de Roselli no se anduviera pasando de listo:

—¿Esas relaciones de la señora incluyen las de usted con un periodista mexicano y con una señora de la sociedad? O también debemos agregarle al señor de la embajada. Si quiere algo, señor, abra las cartas, a lo mejor nos entendemos en algún momento.

José Baños nunca supuso que sus palabras —dichas por no contar con otro argumento a la mano— tuvieran tal fuerza ante el atildado gringo, porque éste se le quedó viendo como si José Baños hubiera entrado a terrenos vedados para cualquier humano. Roselli sólo farfulló: lo buscaría después para seguir con esa charla y se escurrió hacia una de las barras. Pero eso no fue todo, porque antes de salir del brazo de la Diosa, por el resquicio de un librero, pudo ver a los tres charlando animadamente.

M. M., la más famosa de todo el planeta, la mujer soñada por millones, se encuentra a su lado. Eso debería restarle importancia a cualquier otro asunto, por desgracia no es así aun cuando haya sido notorio el trato deferencial de la gente en la fiesta, al alabarlo, mientras José Baños podía ver el encabronamiento y la envidia. Sabía los pensamientos de ellos. La rabia de intuir el cuerpo de Ella junto al suyo. El sueño, su sueño va entrando a la habitación del hotel Hilton, con muchas dudas sobre la vida de la Diosa. Ese lado oscuro de la estrella. Relaciones que intentan coparla ante un secreto aún no descubierto por Pepe pues desconoce el rostro de los hombres de allá, las razones de sus enviados. Roselli y la Benavides no pueden ser más que enviados de ese poder. El cuerpo de la Diosa —tendido sin buscar la relación que él también soslaya por el cansancio— no basta para quitar la duda en cuanto al papel de Ricardo Cruz, tampoco entiende las razones de la estrella para no confiar en el cariño que Pepe siente volcán adentro. Necesita saber más sobre algunos secretos de ella; cuáles son los motivos que le provocan ese temor animal por la cercanía de esos individuos, ya no tan desconocidos para José.

Habría de sumar los secretos almacenados por la Señora de Platino. Esos nudos le dicen que algo más difícil le aguarda, que el peaje a pagar será alto mientras la Diosa lo tenga a su lado, disfrutando de la tersura de esos pechos.

Como ahora.

III

La cita para el desayuno fue acordada durante la fiesta en casa del Indio. Los tres pensaron que el mejor sitio era el restaurante del Hilton pues se debía actuar con prudencia pero sin esconderse. En el restaurante podrían estar al tanto de lo que a la Señora se le ocurriera hacer. Puntuales, casi al mismo tiempo, llegaron Roselli y Alma Benavides —radiantes, alguien los podría calificar— y mientras esperaban la llegada de Ricardo Cruz ajustaron lo que sin duda traían armado.

La Benavides apenas hablaba escuchando los comentarios de Roselli sobre los horarios de la Señora y la insistencia de saber si en alguna de las notas de la artista aparecía la palabra Mangosta, o la sugerencia de saber algo en relación a eso. Alma, vestida de traje recto y corbatín, sabía lo inútil de preguntar sobre el significado del término Mangosta, pues quizá ni siquiera Johnny lo supiera. Ella no debía de ir más lejos de sus atribuciones —reducidas al no ser aceptada por la estrella. Ahora se reportaba con Win dos veces diarias para comentarle los pasos de la Señora y si Cruz andaba cerca de ella.

Johnny Roselli nunca fue adicto a las desveladas, ni siquiera en los tiempos escolares. A él le agradaba tomar un par de martinis secos —invariablemente a base de Bombay Zaphire— cenar carne delgada, ensalada fresca, una copa de coñac, y a la cama, a veces acompañado, a veces solo, pero eso sí, nunca dormirse después de la una de la mañana porque al día siguiente, cerca de las 8:30, se le veía hacer ejercicio en la zona de Riverside. El trabajo en Ciudad de México le venía a quitar toda su rutina, tenerlo en pie hasta finalizar el jolgorio, ir de calle a pueblo tras del Cadillac, o sentado en largas sesiones esperando que la Señora terminara de divertirse, soportando comidas grasosas y personas parlanchinas, o sucias como Cruz, o feas desviadas como la mujer que tiene enfrente, todo eso era demasiado por más que el Flaco D'Amato —quien fungía como enlace con los de arriba— señalara que su labor sería revisada personalmente por Sam Giancana —con quien Roselli poco habla por razones de jerarquía, pero custodia y sirve las muchas ocasiones que Sam viaja desde el este. Eso daría la oportunidad a que su nombre sonara en capas superiores, y claro —dijo el Flaco— ése es el mejor camino para obtener asuntos de más relevancia, como es lo relacionado con la señora Monroe, trabajo desagradable para Johnny por lo extraño de una búsqueda sin pisar firme. ¿Cuánto de todo sabrían los otros dos invitados al desayuno?

La Benavides sentía que por varias razones Win y Johnny la miraban con desparpajo, no era sólo su condición interna y sus preferencias íntimas, sino el ser mujer —disidente si se quiere, pero mujer— y mexicana, suficiente para soslayarla porque los norteamericanos con que ha trabajado —y Johnny no era la excepción— suponen ser dueños del profesionalismo, utilizando a los locales de simple apoyo. Ella deseaba convencer, no a Win Scott quien se comportaba de otra manera, sino a ese atildado californiano joven, guapísimo —pese a sus gustos no lo negaba. Casi está segura que Johnny no es miembro de la Agencia sino un contacto o un contrato, es alguien aceptado pero no querido, alguien que trae su propio juego como los de la Agencia traen el suyo.

Corriendo y dando brincos, el periodista Ricardo Cruz —en cuya axila viajaban cuadernos, folders, periódicos y el sudor de varios días— entró al Hilton media hora más tarde de lo acordado. Dando explicaciones se sentó cuidando los papeles y desparramando por la mesa un olor sudado. Alma torció el gesto, no soportaba a ese tipejo. Varias veces le había suplicado a Scott que lo quitaran del trabajo y Win mencionó: Cruz era el apropiado para ser el caballo negro —dando por cierto que la expresión era la adecuada en sus mexicanismos, los verdaderos profesionales no anteponen el olor de la vida al sabor de lo bien cumplido.

Cruz se levantó tarde porque tarde llegó a casa después de vigilar el lobby del Hilton, la salida de atrás, patrullando la escena —como se decía— comprobando que la estrella se quedaría en su habitación, para marcharse a casa a redactar el informe. Por eso llegaba tarde, no por asuntos personales. Trabajar es una cosa y matarse es otra, de haber sabido la espantosa joda que se iba a poner, hubiera previsto una iguala más substanciosa, carajo, sin decir que en las fiestas, durante el viaje a Taxco, en el transcurso de las esperas, ya había hecho correr el rumor sobre la exclusiva de sus artículos en una cadena gringa, dejándole la opción de publicar un libro con todas sus experiencias ante la Gran Señora.

Cruzaron información para llegar a ciertos arreglos: la llave, José Baños. La cerradura, Ricardo Cruz —por ser amigo de José—. Lo que abriera la llave en la cerradura estaba en la palabra Mangosta. ¿Debemos saber qué es Mangosta? —No —dijo Alma Benavides— tenemos que saber lo que dice la señora en relación a Mangosta, nada más. Alma estaba enterada de los micrófonos en las habitaciones del Hilton, en las casas de los Vanderbil, en lo de Pablito Díez, en el departamento de Río Nazas, en el Cadillac —en ese momento ya alquilado al actor Calvo—. Por supuesto —había explicado Win— le dijimos a don Armando que para no herir susceptibilidades, él fingiera una molestia aplacada por su generosa actitud de poder cooperar con algo y así la estancia de la estrella fuera lo más plácida posible. Pero ahí no terminaba el control —explicaba días antes Win a tres personas, entre ellas Alma— tenemos apalabrado —usó el término en español —a Nabor Uribe para que siga entregando la mercancía, y ya surtimos a quien debemos, para que el amigo Randy Mandy nunca quede fuera de cualquier reunión.

Los ojos de Alma mostraban un brillito que quienes la conocían hubieran descrito de felicidad, igual que cuando se tiende junto a Silvina y la alberca en su casa de Valle de Bravo, sabedora que nada podrá interrumpirlas en los siguientes días. Así brillaban los ojos de la mujer intuyendo que esos dos hombres eran utensilios en manos de Win, que sabe lo que quiere, no como el bello y la bestia, dando garrotazos a una piñata inexistente, o por lo menos sin saber de cuál reata está colgada.

IV

Pepe duerme. La Diosa lo mira como si al observarlo se estuviera contando trozos de parlamentos ya aprendidos desde siempre. Le mira el cabello oscuro igual al de Arthur, sólo que el del mexicano es más espeso. El perfil del rostro: nariz recta, dura, los labios delgados, ojos un tanto hundidos y de permanente expresión triste. Le recorre la mano que descansa sobre el hombro, la mira huesuda, tensa pese al sueño. Es un hombre diferente al visto en los últimos días, es la primera ocasión en que ella despierta antes. La primera vez que tiene la oportunidad de mirarlo sin que el hombre esté alerta, con ese brillo de ansia invadiéndolo. Lo sabe débil, tímido pese a sus desplantes. Desconocedor de la casi totalidad de su vida. Sabe, sí, lo que casi todo el mundo sabe, o inventan en los periódicos, pero no lo de adentro de ella. De sus ansias por tener un hijo. De su soledad. De su amor por las aves. De su temor ante Pat que la mira tan profundo, sin darle reposo. Pepe nada de eso sabe. ¿Y ella, en realidad qué es lo que sabe? No de él que es hoja blanca, sin dobleces, sino de ella misma. De sus sueños. Porque todos poseen sus sueños. Ganas de correr por la Batería en Nueva York mirando el vuelo de las gaviotas. La fama no es buena como menú diario. Pepe está tan lejos de lo de allá. No sabe siquiera de los reclamos de Peter insistiendo en que regrese lo antes posible. Ese hombre dormido tampoco se imagina la espera por dos llamadas que no han llegado. Una de cada uno de ellos. No se imagina tampoco que ella ha decido vivir de otra manera, aceptar el trabajo con Gene Kelly. Mudarse a la casa nueva en Brentwood. Nunca más ir al departamento de Nueva York y menos al hotel Carlyle. Sólo ella conoce el deseo tan grande que tiene de no levantarse de esa cama y dormir sin interrupciones. No quiere ver más el gesto de Joe pidiendo el retorno. Ella no quiere retornos, a sus 36 años quiere avanzar hasta donde más pueda para no detenerse en los recuerdos ni en los ojos borrados de Giancana. No quiere cantar de nuevo para los chicos de la guerra, ni quiere ondear banderas rotas. Quiere estirarse, palpar sus caderas y sentir que no se han ensanchado. Caminar con su ropa y no usar la escogida por los Estudios. Estar con ese hombre que nada pide, no intenta usarla más allá de lo que ella también quiere utilizar: esas manos huesudas, esa lengua como cobra, ese ir y venir sin descanso a los orgasmos. No desea subir ni una vez más al avión de Frank y servir de trapo. Eso no quiere. Odia los días en Cal Neva con D'Amato siguiéndola como perro, atisbándola como lince. Hasta en Ciudad de México los ojos de Giancana se han confabulado en los ojos de Roselli. La Agencia está inmersa en los saludos de Scott. Ellos buscando, escudriñando sus secretos. Insistiendo les relate lo que ella sabe en torno al informe de Goodwin sobre la propuesta del Che Guevara. Pepe duerme con la respiración lenta porque nada sabe. Sabe, sí, que ella ha sentido como pocas veces. Sabe, sí, que hay unos días por delante y debe aprovecharlos en cada instante. Cada minuto como el que ha pasado mirándolo sin tener ganas de levantarse, sin pensar en las llamadas no sucedidas ni en las presiones. Por eso no quiere levantarse y tampoco despertarlo.

Pero despertó sin que Ella al parecer se diera cuenta. Por el espejo Pepe le pudo ver el rostro bello, limpio, diferente al de otras mujeres por las mañanas. Viéndole las líneas de la cara deseó alargar ese momento hasta un siempre: él acostado de lado, desnudo, mirando por el espejo a una mujer bellísima, al parecer ausente, con los pensamientos rebasando el tiempo. Por ese solo instante —sin saber que uno miraba al otro y viceversa— bien valía el haber subsistido en los baches. Era la redención contra su existencia en el hotel Armida junto a Satín y la hija disfrazada de puta pidiendo todo lo pedible. Era su venganza contra Elsa Aguilar. La negación del suicidio orillado por Gabriela. Ese único momento —suspendido en el silencio del cuarto en el hotel Hilton— valía más que muchos años correteando ensueños. Era hallar el sueño dentro de él, reflejado en un espejo que a su vez refleja a una mujer que observa silenciosa otro espejo donde se retrata un hombre que mira a esa mujer y así, repitiéndose el hecho hasta hacerse los dos pequeños, más pequeños que el cuadro del fondo que reproduce un cuadro similar que se va al fondo, reproduciendo otro cuadro igual visto en el fondo.

No quiso integrarse a la escena sin antes ofrecer un preámbulo a su aparente despertar, emitió algunos carraspeos, siempre mirando a la Diosa por el espejo. Ella movió las cejas integrándose a la secuencia marcada en el inicio de la mañana. Él giró el cuerpo y le acarició el cabello. Temía que lo pesado del aliento desagradara a la Señora de Platino con los cabellos en desorden y el rostro limpio como de niña asustada. Pasa las manos por el torso desnudo, dice buenos días. Se yergue y la abraza. Besa el cuello. Baja la cara y con poca saliva lame los pechos. Siente la acelerada respiración de la Gran Señora. Ella no rechaza aun cuando tampoco coopera. Ninguno habla. La tiende boca arriba. Va y viene por el cuerpo. Percibe en la lengua el raspar de los cabellos de las axilas que tercos han renacido. Huele los entresijos, las junturas de la piel, la vulva aún seca. Capta el olor de la noche en las cavidades de la Diosa. Sabe de su propio olor retenido en el paladar. Las manos de la Gran Señora acarician la espalda mientras él mete la lengua tratando de extraer los jugos. Siente la cavidad hecha de olores. Sube su cuerpo y a horcajadas sobre la cama pero con su miembro entre los pechos de la Diosa le hace ver la erección y la punta del falo dirigida hacia la boca de ella. La Diosa distiende los labios. Abre la boca y la estira. Él mete ahí la verga. Lo hace una y otra vez como si se tratara de un coito. Ella ensaliva. Mueve la lengua. Succiona. Anclado en lo que la Gran Señora degusta gira, ve los pies de ella, se tiende y estremece los otros labios de la Diosa. Olfatea el ano. Introduce ahí el dedo sin dejar de mover la lengua en el clítoris.

La Estrella a su vez corresponde con mayor velocidad a su lengua y entonces ellos de nuevo se convierten en un espejo doble, mirado en otro espejo, siendo a su vez la base de otro y de otro perdiéndose en la duplicidad múltiple.

Pablito y Cruz charlaban cuando José Baños llegó al restaurante del hotel. Eran casi las doce del día. En la cara del español-toluqueño se notaba un dejo de satisfacción, gesticulando hablaba con el periodista. Pepe los miró por un momento sin que ellos se dieran cuenta, después avanzó saludando.

Por alguna razón Baños sintió que su presencia cortaba algo de la charla. Pablito, sin dejar de lado la felicidad en los ojos, dijo: se completaba el tercer mosquetero, y se movió para que José se sentara pidiendo huevos, chilaquiles y carne asada sin hacer caso de los comentarios zumbones de los dos. Pablo bebía café pues ya había desayunado, Ricardo comía hot cakes con mucha miel.

—Suerte dé Dios que el saber nada importa —masculló Cruz sin dejar de comer.

—No es suerte, eso déjalo a los que compran lotería —ripostó Baños.

El restaurante estaba casi vacío. La mañana era limpia y algo calurosa. Pablito seguía tomando café sin dejar el tintineo en los ojos cuando dijo: la salida era a las dos de la tarde. Ya había hablado con unos amigos para que después de las compras en el mercado de Toluca fueran al rancho del secretario del gobernador, un señor de apellido Barrios, quien les daría a probar los manjares de la región.

—Te aseguro, macho, las vamos a impresionar.

Por un momento a Baños le desagradó que Pablito fuera tan comunicativo, pero supuso: de todas maneras el grupo de periodistas iba a seguirlos. No hizo mayores comentarios sobre lo que él también sabía después del acuerdo con las dos mujeres.

Comiendo, Cruz se dio a decir: si bien lo de la suerte no cabe con los previsores, era necesario buscar que el cubilete estuviera en manos de quien estaba obteniendo el «caballo». —Nunca se deja el cuero si vas ganando, ésa es la primera regla de los dados. ¿No creen? De eso estábamos hablando cuando llegaste, de la suerte y de los listos que saben aprovecharla.

Baños no deseaba entablar una alegata con el periodista, pero le enojó ese aire de predicador adoptado por el tipo sucio que tragaba como si no lo hubiera hecho en años. —La vida no es de metas, sino de consecuencias, ah y de medidas en los alimentos.

—Y eso que ya había desayunado antes con otros amigos —terció Pablito con el disgusto de Cruz.

—Se lo comentaba a mis amistades, si se tiene la cercanía de alguien tan importante no se deben desperdiciar las consecuencias en arrumacos inútiles.

José Baños se dio cuenta: ambos ya habían tratado algo que ahora deseaban comunicar. Movió la cabeza marcando al periodista a seguir.

—La señora es un altísimo personaje, cuando se llega a esos sitios la vida se ve de otra manera, los problemas cotidianos se convierten en nada porque existen elementos que van más allá de la simple decisión de una persona, ¿me entiendes?

—Te voy siguiendo, ¿a dónde quieres llegar? —Baños, sereno, dando ánimos al mismo tiempo que intrigado, sin dejar de lado la posibilidad que Cruz le revelara alguna de sus dudas.

—Todos necesitamos dinero, ¿o no? Bueno, pues hay quien da una buena cantidad por saber algo de la señora. No me malentiendas, no es nada personal... se trata de otros niveles superiores a la cama. Y con esto no trato de ofender a nadie, sino de situarte hacia donde quiero llegar. ¿Me entiendes? La señora hace apuntes, siempre anda haciendo apuntes, ¿me entiendes? Esas notas deben decir algo más importante que sus recuerdos de viaje o su diario personal. Ahí deben existir apuntes sobre sus relaciones, sus amigos, lo que dicen, y eso puede darnos alguna pauta de ciertos acontecimientos. ¿Me entiendes? —Cruz, sin dejar de hablar continuaba comiendo los hot cakes bañados de continuo con miel de maple—. Algo que ver con la palabra Mangosta. Frases que nos digan lo que ella piensa de Cuba, o más bien, para decirlo claro, lo que J. F. K. piensa de Cuba. ¿Me entiendes?

Pablito bebía el café en silencio. José Baños alentaba al periodista a que continuara. Éste habló de lo que se podía o no considerar traición, de la poca importancia que unos datos podrían tener para Pepe. Esas notas quizá no valieran nada, pero si a alguien le interesaban, ¿quiénes eran ellos para negarlas? En seguida, sin dejar de repetir el

¿me entiendes? terminó mencionando dinero para una película, y de las millones de veces que la suerte pasa frente a nosotros. —El chiste es saber a qué horas llega y dónde se presenta, lo demás es pan comido ¿me entiendes?— José se levantó dando por terminada la reunión.

La presencia de la Diosa llenaba la totalidad del escenario por donde el Cadillac de Calvo —seguido por reporteros y los de la embajada— transitaba rumbo al poniente, por una carretera estrecha, llena de automóviles. José seguía repasando la charla de Cruz sin que las explicaciones deshiladas de Pablito le aclararan los enredos a los cuales ellos le podían sacar provecho y resarcirse de lo gastado en esa aventura, excelente, y más si se hace una escala en Toluca, pero muy costosa —insistió diciendo—: Joder, darle un regalito a don Armando, la verdad se ha portado de puta madre, eso no lo podemos olvidar.

Las dos mujeres llevaban pañoletas y la Gran Señora lentes negros bloqueando la luz inmensa de sus ojos, pero adivinada por Pepe mientras ella se decía feliz de conocer un típico pueblito del viejo México. Después del desayuno los dos habían corrido a comprar ropa, a ponerle gasolina al auto, y antes de subir por la Señora, se toparon con el actor Armando Calvo, de bleiser azul, gazné, gafas negras. Sin que Baños pudiera pensar en algo para justificar el préstamo alargado por varios días, se escuchó esa voz tan conocida en las pantallas diciendo: entre gente del mundillo del cine se debían proteger como si fueran, como los son en verdad, de una misma familia. —Sólo te pido lo cuides como la niña de tus mismos ojos, joder, el auto vale una pila de duros, y me tienes que presentar a Marilyn Monroe, ¿eh?

Como siempre esperaron más de lo previsto a la Señora. Pepe aprovechó para preguntarle a Pablito sobre la propuesta de Cruz y el español-toluqueño dijo sin mirarle la cara —para qué quieres saber más del asunto, se trata de ganar algo de dinero— después señaló lo de los gastos de ropa, mariachis, gasolina, comidas, hasta llegar al regalo de Armando Calvo, y lo que falta.

Las compras en el mercado de Toluca se sucedieron dentro de una baraúnta de gente, de fotos, de autógrafos. A la Señora le regalaron desde dulces hasta enchiladas, pulque, gusanos de maguey, huevos de hormiga, colgajos, flores y tantos objetos que al regresar al auto Pablito y José, tapados por los bultos, apenas se veían.

—Mi casa en Los Ángeles se va a ver divina, algún día tienes que venir a visitarla, ¿verdad Pepe?

Asintiendo, Baños besó a la Diosa sin fijarse en los fotógrafos que disparaban las cámaras, como lo seguirían haciendo al llegar al rancho de don Carlos Barrios, quien los recibió en la puerta de una gran construcción de techos de teja, amplias estancias, una biblioteca inmensa, extensos jardines, callejones arbolados.

—Éste es territorio libre, siéntanse en su casa —dijo el hombre alto, de nariz ganchuda, tostado por el sol, de manos fuertes, quien presentó a su esposa, Virginia, nacida en Nebraska, pero con muchísimos años de vivir en México. Aquí en Metepec, señora Monroe, se hace la mejor artesanía de toda la República —e invitó a los presentes a salir por la puerta trasera que daba a las calles del pueblo y entrar a un taller a donde se le obsequió una sirena, varios árboles y tres soles de barro.

Meses adelante, Pepe habría de recordar la comida que transcurrió con anfitriones maravillosos, una variedad de platillos que asombraron hasta a los mexicanos. A la Diosa bailando sin zapatos, ebria, tragando sin recato las pastillas. Sus viajes al baño donde snifaban cocaína y le chupaba el miembro. Recordaría los rostros de los invitados y entre ellos el de Win Scott, quien en un momento se le acercó preguntando si ya había charlado con Ricardo Cruz.

—Sí —Pepe respondió hosco.

—Creo entender sus objeciones, pero le aseguro, su aporte le será muy reconocido. ¿Me permite un momento? —Win le indicó que lo siguiera. Caminaron por una calzada bordeada de pinos—. Hay asuntos más allá de nuestra decisión. Se llevan a cabo con nosotros o sin nosotros, la sabiduría consiste en saber utilizar eso que no tiene remedio, y sin alterar los sentimientos personales obtener un beneficio a largo plazo, no circunstancial. La inmediatez es sinónimo de pereza —Baños seguía en silencio ante las palabras de Scott. Escuchó una tesis sobre la función de algunos hombres y los intereses superiores a la visión reducida del egoísmo.

—William Faulkner señalaba que si debía robar a su madre para escribir una novela, no dudaría en hacerlo.

Pepe recordó la charola de plata. Miraba de reojo al norteamericano, éste hablaba un español correcto, persuasivo, moviendo apenas las manos, insistiendo en la necesidad de convertirse en un protagonista de la actualidad y no en mero asistente a una función de cine. Ser actor, no espectador pasivo, eso es la clave de todo, ¿no lo cree así mister Baños? Habló de los problemas de algunas naciones y de la necesidad de echar mano de los ciudadanos que con debilidades o no, deben estar del lado de las causas justas. Después le entregó una pequeña cámara fotográfica y le explicó la sencillez de su manejo.

Los primeros en abandonar la fiesta en el rancho de Metepec fueron la Gran Señora y sus acompañantes. Al despedirse, Win vio el gesto de Baños. El norteamericano le dio un abrazo repitiendo suscribir lo acordado con el periodista, para después indicar:

—Y mis términos. No se olvide, espero sus noticias, si tiene alguna duda Cruz sabe donde encontrarme a la hora que sea.

La Gran Señora se fue de la mano de Pepe, gran parte de los comensales los acompañó al auto, desfilaron por la misma calzada bordada de árboles donde horas antes Baños recibiera la cámara y las instrucciones.

V

En la quietud de su oficina del edificio en Reforma y Lafragua Win Scott pensó en sus años de vivir en México a donde había llegado a mediados de 1956. Su verdadero nombre era Winton, pero él siempre utilizaba el Win. Sin admirar al país, se encontraba mejor que en Guatemala y en Nicaragua, no sólo porque estuviera a menos horas de distancia de Iowa, sino porque Managua y Ciudad de Guatemala a las pocas semanas le resultaron aburridas. Ciudad de México era otra cosa, podía asistir a diversos lugares sin ser visto, entre ellos, por supuesto, cumplir con las invitaciones de Alma Benavides o del círculo de amistades de la mujer, y se pasaba periodos maravillosos, oculto de chismes y de tensiones, en Huasca, en Acapulco o en el silvestre Zihuatanejo.

De unos meses a la fecha añoraba la quietud de Iowa City, las carnes en el Mill, los tragos en el bar Georgio, las caminatas por el pequeño *moll* donde se consigue la ropa más barata de toda la Unión, los paseos por el lago, la época de Navidad con sus juegos de fútbol y el frío que dobla a los más duros. Así era Iowa, con la música country, con los campos extendidos. Así lo cargaba en su recuerdo, y en su nostalgia por Paula, la mujer con la que se había casado en Des Moines y cuyo deceso lo llevó a iniciar la escritura de unas memorias que ahora le ocupaban parte de sus tiempos de ocio y que nunca nadie más había leído, ni siquiera su segunda esposa, una neoyorkina llamada Janet.

Eran apuntes de los sucesos de su vida, de su relación con Paula, de su encuentro con Janet, pero también de los asuntos encargados por la Agencia, lo de Jacobo Arbenz, el desagradable gordo Somoza, el fracaso de Cochinos, sus relaciones con el soviético Alexander Alexeyeb, en fin, Win contaba con letra apretada el haber perdido la capacidad de la sorpresa y no estremecerse ante los vaivenes de la política, los embates de las chicas que rodeaban a la Benavides, las constantes órdenes fuera de tono que le llegaban de la Agencia. El asunto de la estrella era otra cosa, ahí las aristas eran varias: por el número de millas con Cuba, estaba enterado del plan llamado Mangosta: los apuntes, razones, formas, desarrollo y entramados de la nueva invasión a la isla caribeña, incluyendo las tareas de la quintacolumna. Asunto al que la Agencia le dedicaba parte de su tiempo y en donde estaban involucradas muchas personas: infiltrados en la Habana, francotiradores en Miami, agentes en México y Panamá, periodistas de Colombia, políticos mexicanos, empresarios de Bolivia, sin olvidar a Anatole Dobrynin, el embajador soviético en la Casa Blanca y Richard Goodwin —cuyos consejos eran escuchados por el presidente— hasta Edgar J. Hoover. En los círculos de Win se manejaba la noticia de que el hombre del F.B.I. había alertado al presidente Kennedy sobre el gran peligro de su amistad con la Monroe, ella por sus debilidades era aliada o prisionera de la gente de Giancana y Sinatra —que es lo mismo—, se carteaba con gente de la calaña de los Vanderbil —comunistas pese a lo cuantioso de su fortuna— sin olvidar las conversaciones grabadas en la intimidad, donde la Señora defendía al régimen de Castro o elogiaba a los defensores de los derechos humanos.

¿Cuánto era lo que sabía la Monroe?¿Hasta dónde podía llegar la irresponsabilidad de la actriz?¿Cuál era la verdadera razón de su viaje a México en esos momentos en que los agentes de varios bandos ahí se daban cita?¿Por qué los Vanderbil no se separaban de ella? Ésas y otras preguntas le andaban dando de vueltas sabiendo que la Monroe no era pastelillo de segunda que se pudiera merendar en cualquier calle solitaria, robarle una libreta de la cual ella nunca se desprendía, qué bah, con la Señora se debía de actuar con sumo cuidado, así cualquier error se le atribuiría a otros, no a Win Scott, éste sabe de las implicaciones de un desatino con la actriz. Él deseaba terminar pensionado en Iowa, mirando los árboles enrojecer por el otoño, paseando por las calles llenas de hojas, aspirando el olor del pan recién hecho, viendo desde su estancia la caída de la nieve. Él solo no iba a poder dar cuentas claras, debía apoyarse en los expertos y en los oriundis, uno de ellos Ricardo Cruz, quien podía hacer que el asunto rodara de buena manera dadas sus relaciones, la imprevista aparición de José Baños. Su amistad con el periodista abría caminos no previstos, pero la experiencia marcaba: un buen operador debe utilizar cualquier hueco e ir al paso diseñando a golpe de suerte o de imprevisto.

Por el periodista estaba enterado de la amistad de Baños con algunos cubanos, el contenido de tres portafolios dejados en prenda en casa del cineasta, eso podría ser sólo un hecho circunstancial, cierto, pero también podía convertirse en la llave de otras puertas que clarificaran la razón verdadera del viaje de la actriz a México en los momentos en que los virajes políticos andaban en su punto más escabroso. Sabía de la necesidad de dinero que a Baños lo llevaba a vender cocaína. De sus sueños por realizar una película. Conocía al detalle cada uno de sus matrimonios, lo rasposo en esas relaciones. Así, no tuvo objeciones cuando Cruz dijo: una forma de presión era sostener una charla con Satín.

Ricardo sabía en qué rumbo encontrarla, el periodista fue preguntando en las cercanías del hotel Armida hasta dar con una mujer maquillada en extremo, ataviada con una sucia capa de pieles. Le preguntó si se llamaba Satín y el precio por estar con ella. A Cruz no le iba a sorprender la habitación destartalada y mugrosa, ni tampoco ver a una mujer escuálida tratando de ser cariñosa con palabras archiconocidas, métodos tan ramplones para ocuparse con ella —como la mujer decía— por eso no esperó que Satín se quitara la ropa, él le dio un rollito de dinero y dijo querer hablar.

—¿Eres de los que nada más les gusta platicar? —Satín mostraba una sonrisa torcida en el rostro pañoso.

Cruz no quiso dar explicaciones. Sin preámbulos le pidió escucharlo con atención. —Puedes ganar buen dinero, ¿te interesa? Satín llevaba años de trompicones iniciados cuando fue detenida porque a un estúpido se le fue la lengua y cantó lo de una pelea convertida en robo. De ahí las cosas ya no fueron igual, pero andaba en la espera de que los asuntos rodaran mejor, quizá la presencia de ese hombre podía ser la señal, sin embargo el cansancio que desde hace tiempo la mantiene lejana a las oportunidades le impide reaccionar con alegría, como si la totalidad del mundo fuera un hartazgo al tratar de dormir una semana completa y después otra y después cinco más.

—Haciendo qué —al decirlo buscaba mandar mensajes en el brillo de los ojos, pasarse las manos por las caderas, chuparse los labios, mostrar la lengua haciendo cabriolas. Midiendo las palabras, el periodista explicó: un trabajo de lo más sencillo: mandar a su hija Sarita a ver al papá, nada más que en lugar de hacerlo una vez por semana, lo hiciera a diario. Eso era todo.

—No te la jales, ¿y para eso me das dinero?

Cruz repitió la oferta en la inteligencia que de no cumplir el pacto se terminaba la ayuda.

—Y lo que la escuincla le saque al desgraciado ése, ¿me lo voy a quedar yo?

—Es parte del trato. Vas a ganar lo que yo te dé y lo que le quiten a tu ex marido. —Satín estuvo a punto de decirle: nada más por ver cómo se chingaban al desgraciado ese ni cobraba por el trabajo, pero pensó: nadie es tan imbécil para no aceptar lo venido del cielo, los regalos de Dios a sus hijos.

El informe agradó a Win. Baños estaba en la jugada pero no debía dejar de lado ningún movimiento. Apretar cualquier brechita. Golpear los mejores lugares. Satín era uno de ellos. Estaba ahí el Piscacha, y si era necesario, don Gre. Cuestión de armar el frente Baños, sin descuidar a Roselli, a la Benavides, inoperante ahora, pero de imaginaria en cualquier momento. Pablito podría servir de bateador emergente.

En ese momento la línea a seguir —sin dejar de lado a las otras porque no era tan tonto para colgarse de un solo gancho— era José Baños y la Minolta. Esa cámara plateada que tan buenos resultados ha dado en otras circunstancias, funcionaba con la luz de cualquier foco. Pequeña, se le podía llevar en la bolsa del saco, o en la de la camisa, como Pepe la llevaba al regreso de Toluca sintiendo a la cámara un ser obsceno metido en el cuerpo de la Diosa, invadiendo los espacios de su sentimiento, convirtiendo la relación en un asunto de mayorías donde él era portador de una carga nefasta, tan desagradable que opacó la vehemencia de Marilyn que ajena mostraba su cariño con besos largos y caricias en la entrepierna, festejando la reunión, el sentirse libre. Además —dijo volviendo el rostro para ver a Pat y Pablito— tenía lo necesario para amueblar su nueva casa en Los Ángeles, con sabor tan mexicano como Pepe.

La Diosa no quiso salir a ningún sitio. Propuso quedarse a escuchar música en el cuarto del Hilton, pedir cena fría y pasarla tranquilos. Continuar en la misma altura de la euforia. Randy Mandy, o lo de Pepe, tienen un mejor desarrollo en Ciudad de México. Pasar una noche sin estruendos, sentados los dos frente a la ventana, sin más preocupaciones que el tiempo termine con el gusto. —El tiempo es nuestro y se acaba cuando nosotros digamos —dijo Pepe al llegar al hotel. Mientras Pablito estacionaba el auto, pensó en Armando Calvo. ¿Por qué la actitud del actor?

Al subir por el elevador, el recuerdo del rostro de don Armando se convirtió en una disolvencia con el de Lucille, enredado con otro de los silencios, el de Nabor Uribe, quien sin quejarse o amenazar entregaba la mercancía a Pablito cuando éste lo visitaba de parte de Pepe en el café. Baños sabía: en un momento dado el compás de espera —sin definir la hora, los rostros y las demandas— iba a trastocar su tiempo, pero mientras eso llegaba debía estar cerca de la Diosa, beberle los alientos y usar la cámara para entrar de lleno a las promesas de ayuda del hombre de la embajada, quien casi al terminar la charla bajo los árboles mencionó las listas negras, la dificultad de remover las estructuras, la alianza con los personajes necesarios, para terminar diciendo: los mejores sueños se arman cuando se tiene el dinero o los contactos necesarios, no hay de otra, pues los sueños sin cumplir son abortos clandestinos.

La Diosa, como siempre, se refugió en sus habitaciones dejando a los tres en una charla llena de carcajadas y remembranzas de la fiesta en el rancho. Bebieron champaña tibia. Al aparecer en escena la Gran Señora, Pablito y la Newcom se despidieron. M. M. miró la noche a través de los cristales del tercer piso. Sin cambiar de sitio y sin hablar se quitó la bata. Pepe la vio desnuda, reflejada en el vidrio, con las luces de la habitación formando un *set*. La tonalidad de la carne en el perfil de las caderas, las piernas torneadas, el vello del pubis entrevisto, desde atrás, cuando abría las piernas moviéndose lentamente. Ella estaba en sus adentros sin fijarse en la existencia del hombre, éste se levantó cuando la mano de la mujer hizo una seña. Se dejó abrazar y acariciar los pechos sintiendo el sexo de él contra las nalgas antes de decirle: esa noche no iban a usar nada de Randy Mandy, sólo el polvo, la blanca, que Pepe extrae de la bolsa, marca líneas en la mesa frente a una mujer hincada, mostrando lo redondo del vientre, el colgar de las tetas, absorbe de un solo jalón, abre los ojos, se chupa el reborde de los labios y sin hablar usa los dedos para ir pintando con el polvo al untárselo en la verga, y decir que se lo introduzca en la vulva, se huelan, se compenetren, se beban y se alimenten, se vayan más allá de las estrellas de afuera de la noche. Él se dejó ir por los sentidos en el palpitar del cuerpo de la mujer, escuchándola bufar mientras la montaba rabioso, con el sudor pringando el pecho, haciéndola gritar con el empuje del miembro, con los pellizcos en los pezones, ayudado por la voz de la Diosa reclamando mayor dureza, más poder en la embestida, más tensión en los dedos que magullan, más ira en los dientes que trituran, más y más porque la blanca estremece, otorga nueva vida a sus adentros.

Pepe abrió los ojos, el sol era una raya tímida. Estaba en la cama sin recordar cómo había llegado. La Diosa cubierta por una sábana hacía oír un ronquido suave. Él entró al baño, se lavó la boca. Desnudo caminó por la habitación. El mareo le llenaba. Sintió deseos de vomitar. Pensó en despertarla pero supo que ella se mostraría furiosa. —El sueño mata el calor de las estrellas. Hizo un gesto frente a la botella de champaña. En ese momento vio la libreta: guinda, de cuero. La vio emerger como si portara una luz especial aflorando sobre su malestar y los objetos. Vio el rostro de Win, el rodaje de una producción nunca pensada por los mexicanos. Tuvo enfrente los brazos delgados de una niña. Una inmensa charola de plata. Un turbante caído. Una mansión vendida por una mujer rubicunda. Vio un objeto guinda, colocado sobre la mesa de noche y pensó en la cámara.

Entonces, sin hacer ruido, tomó la libreta y con ella salió a la estancia.

VI

—Ella es como un ángel sin alas.

José Baños observaba las manos muy cuidadas de Carla Vanderbil, mientras la mujer las movía al compás de sus palabras, dichas antes de salir rumbo al restaurante Arroyo. Usando muy baja la voz hablaban en la terraza.

—Y tú eres como una protección, pero los dos están ajenos a las intrigas reales.

José ve el rostro de Fred con las arrugas debajo de los ojos azules. Pat y Pablito quizá estuvieran en su recámara.

—No se da cuenta de los malos olores que la tratan de cercar, ni siquiera a lo que está expuesta.

Fred terció a las palabras de su esposa:

—Tu información es todavía más débil que la de ella, quizá ni siquiera sabes los terrenos por donde circulan.

—Pero de eso no tienes la culpa, tú has actuado como un hombre enamorado, eso me encanta, es fascinante sentir al cariño de un hombre —dijo mirando a Fred.

—No creemos justo que te usen sin siquiera defenderte al saber cómo lo hacen, o lo peor, por qué.

—Nosotros sabemos de la injusticia, Pepe, somos dos personas marcadas por la intolerancia. Gracias a que Fred se ha portado como un hombre no han podido fracturar la solidez del cariño.

—Vivir como yo en un país ajeno es difícil, aun cuando se trate de este maravilloso México. Mentiría al decir que no añoro mi patria. Uno es de donde nace siempre y cuando no se le haga renegar de eso.

—Aparte de las presiones políticas, están las raciales. Ellos nunca perdonaron que Fred se casara con una mexicana. ¿Ellos? Todos, Pepe, el gobierno, los capitalistas, la gente que busca la guerra, la sociedad enferma, los malvados que piensan en satisfacer sus caprichos sin importar el precio.

—Las intrigas del alto poder, desde el presidente al más bajo de los lobbistas. No lo olvides, allá los intereses son inmensos y una persona no cuenta. Ah, y si esa persona no se adapta a las reglas de ellos pues no sirve, pumm, para afuera sin importar los costos o los dolores.

—Fred se inclina por los latinos, quizá porque ame a una de ellos, yo lo soy, nunca lo he negado, jamás renegaré de ser mexicana. Para ellos no existen las nacionalidades, o se es norteamericano o se es de otra parte fragmentada.

—Marilyn le ha cantado a los soldados en Corea, pero también ha mantenido su opinión adversa a las injusticias que se hacen.

—Ay, Pepe, sobre todo cuando se habla de Martin Luther King, de la actuación de Fidel Castro, los dos de una comunidad minoritaria enfrentados a una terrible maquinaria, Pepe, tan grande que no la alcanzo a visualizar pese a los años que viví allá.

—No se trata de hacer un juicio de lo que muchos ya saben, se trata de que tú estés al tanto. Nuestra querida amiga tiene acceso a las conversaciones de mucha gente de primer nivel. Se dice que ella pudiera saber algo sobre un asunto que ellos han denominado Mangosta. De ser así, y nosotros pudiéramos averiguarlo, se evitaría una aberración histórica.

—Como mexicana jamás te pediría algo que fuera en contra de nuestro país, no se trata de dinero ni de otras maniobras bajas, se trata de salvar la vida de muchísimos cubanos.

—Una repetición corregida y aumentada de lo de Cochinos, nada más que ahora sí con la intervención directa de los *marines*.

—Y nuestra amiga puede saber mucho de esos planes.

—Como seres humanos no podemos permitir a los infiltrados en Cuba destruyendo y matando para preparar la invasión.

—Somos miembros de una inmensa comunidad latina, Pepe, espero que lo entiendas.

—Ellos están involucrados entre sí aun cuando no tengan los mismos puntos de vista. ¿Te acuerdas de Johnny Roselli? Es de la mafia. Imagínate: hombre de D'Amato que a su vez es gente de Giancana. Buscan el chantaje para obligar a invadir Cuba.

—Saben lo de nuestra amiga con Jack y con Robert. Como mujer me da asco que usen eso, ellos no tienen el menor asomo de moral.

—Win y Roselli juegan en equipos diferentes, pero ahora están unidos para crear las condiciones de la invasión, por eso Richard Goodwin, que es asesor del presidente, no quiere divulgar una propuesta del Che.

—Se requiere de tu ayuda, Pepe, la requerimos nosotros y miles de inocentes.

José intervino: —¿Cuál es esa propuesta que dices, Fred?

—Cuba renunciaría a su alianza con la URSS a cambio de un acuerdo con los Estados Unidos. Piensa en lo que eso significaría y en los que tratan de anular esa posibilidad.

El matrimonio Vanderbil, sin perder la pose erguida, siguieron por un rato insistiendo en la necesidad de obtener la ayuda de Pepe, éste hizo algunas preguntas, en especial si la Gran Señora aceptaría platicar sobre el asunto, y ellos negaron saberlo, señalando: no era necesario preguntarle a la Diosa pues se pudiera dar el caso de que ella ni siquiera estuviera al tanto de la profundidad de los hechos, era necesario que Pepe revisara las notas de ella, leerlas con cuidado para sacar sus conclusiones, o poner atención a sus pláticas. Baños no prometió nada, sólo pensarlo, después cambiaron de tema para que a la aparición de la Dama de Oro, Carla Vanderbil le apretara el brazo en una señal que Pepe quiso entender como de insistencia a lo charlado y no como una insinuación sentida durante la conversación.

Los ya conocidos autos siguiéndolos. Ellos seis dentro del Cadillac. Van hacia el sur de la ciudad. Baños enredado en las dudas. La Señora desparpajada, amorosa, actuando con energía, pidiendo de continuo la presencia de Randy Mandy en una actitud alegre. ¿Habrá recibido alguna de las llamadas que estaba esperando? ¿A quién debería servir Pepe? Porque ésa es la palabra, servir. ¿A quién entregarle la información? ¿Por qué ellos no le roban la libreta? José nada resuelve porque no quiere cerrar el ciclo que acabará cuando la Señora se vaya. Se está terminando su tiempo, el de él. Volverá a los espacios de Lucille, a quien no le ha hablado ni siquiera por teléfono. A satisfacer las demandas de Satín. Ver la cara de Elsa y los ojos de don Gre. Alguien debiera ordenar un corte a la acción y dejar así suspendido el rodaje, con las secuencias paralizadas, el tiempo alterado por la clausura del mismo, pues rodar otra escena significaría tener una responsabilidad que no desea afrontar. A él qué demonios le importa la invasión de un país desconocido. Los arreglos entre políticos. Tiene demasiadas cosas en qué pensar: Nabor Uribe, Armando Calvo, Lucille. Las demandas de la hija. Su película. Su relación con la Señora. Eso que siente en la sangre. Ese deseo de estar con Ella. ¿Algo sabrá acerca de lo que los grupos le están pidiendo? ¿Pablito estará de acuerdo con los bandos? ¿Por qué ellos no fotografían la libreta?

Jesús Arroyo, vestido de traje campero, con paliacate al cuello, fue presentado por los Vanderbil como el dueño del mejor restaurante típico de Ciudad de México. A partir de ese momento los mariachis anduvieron cerca. Un hombre gordo, de bigote y cabello pintados, con marcado acento norteño, fungió como maestro de ceremonias realzando a cada instante la presencia de la gran artista, quien dio autógrafos, posó para las fotos, bebió un par de tequilas, para después seguir con champaña tibia. Varias veces, en compañía de la Newcom, fue al baño. Era el repetir de una misma escena salvo que ésta tenía la variante del anuncio de Pat: compromisos ineludibles hacían que la salida de la señora fuera al día siguiente. La Diosa no dejaba de reír, pero en un momento, acercando sus labios a los de Pepe le dijo: no pusiera esa cara de dolor, ella también lo extrañaría, ahora la tarde era para divertirse y no pensar en asuntos malos porque además ellos no se iban a dejar de ver, ya tenía la invitación para visitarla en Los Ángeles.

José sintió cerrársele los caminos. No quiso usar la cocaína para amortiguar el efecto de los tequilas, se tiró sobre de ellos pidiendo varias veces la de *hay unos ojos que si me miran.* El dueño del restaurante no descansaba buscando agradar a la señora. Presentó un popurrí de canciones y bailables. Mariachis, huapangueros y tríos se alternaban frente a la mesa de los invitados especiales. La Gran Señora bailó con los meseros, con los músicos, sola, con Pepe o Pablito. Hizo que Pat se quitara los zapatos y ambas brincotearan Guadalajara Guadalajara. En ningún momento se le notó cansada o con esa tormenta que a veces se desataba en sus ojos. Era ya de noche cuando emprendieron el regreso al hotel. Salvo Pepe que portaba una borrachera sorda, silenciosa, los demás, incluyendo a los Vanderbil, iban cantando cuando llegaron a la glorieta de Cuauhtémoc y, antes de entrar al estacionamiento, el Cadillac blanco se estrelló contra un auto de alquiler.

Los Vanderbil sin detenerse a tratar de arreglar algo se llevaron a la Gran Señora y a Pat. Pepe apenas se tenía en pie. Pablito se hizo cargo del asunto en medio de un griterío de choferes reclamando la imbecilidad de los rotitos que se creen dueños de la ciudad. José intentó golpear a un taxista pero la intervención de Díez calmó la inminente bronca garantizando el pago de los daños. Hubo más gritos y reclamos, Pablito sacó la cartera y la licencia. Ya para irse llegó una patrulla. A partir de ese momento los arreglos se hicieron entre Pablo, el dueño del taxi y los policías. El del auto de alquiler trató de obtener más beneficios, sobre todo por la actitud agresiva de Baños, pero Pablito se multiplicó y al fin, llevándose aparte a uno de los policías, se llegó a un acuerdo. Por favor, pinche Pepe, ya no jodas más de lo que has jodido. El motor del Cadillac de Calvo arrancó, la puerta del lado izquierdo y parte del frente estaban muy averiados. —Y te dijo que se lo cuidaras como la niña de tus ojos, joder, no quiero estar en tus zapatos cuando se lo entregues —recalcaba el toluqueño-español sin dejar de chuparse los labios.

La señora estaba en su habitación. Pat y los Vanderbil preguntaron por el resultado del accidente. Pablito minimizó los hechos, mientras la Newcom lo llevaba a un rincón de la estancia y hablaba con él. Carla y Fred insistiendo sobre las posibles consecuencias del accidente a un derrumbado Baños. La pareja se despidió quedando de verse al día siguiente tres horas antes de la salida del avión. Pablito dijo: él y Pepe pasarían la noche en la habitación de Pat porque la señora estaba muy nerviosa y la Newcom iba a quedarse a cuidarla. Como si fuera otra persona, José Baños se dejó conducir por un irritado Pablo Díez quien dijo: tus pendejadas las pagamos durmiendo solos la última noche.

Pero Pepe no durmió, se estuvo sentado en la estancia. Sin hablar. Sin usar los papelillos. Soñando con el cuerpo de ella. Con los pechos al alcance de su boca. Con las órdenes de ellos. Con la ropa sucia de Ricardo Cruz. Con el rostro de Sarita. Viendo las luces de la calle. El sonido del mariachi. Lo vacío del departamento de Nazas. Con una película sin hacer. Guiones inacabables. Secuencias descontroladas. Los pasos de una bailarina sin ojos. Hombres rudos exigiendo pagos. Reclamando acuerdos. Unos autos corriendo por las avenidas. Mujeres bailando desnudas. Con lo que le esperaba al día siguiente, un día que llegó pálido, medio lluvioso, y se fue metiendo a la habitación de Pat mientras los ronquidos de Pablito alteraban la tranquilidad de la mañana en la Ciudad de México.

Los días que siguieron a la partida de la Diosa fueron como clavos en la vida de José Baños. Desde el momento en que Ella se despidió en el aeropuerto con un cálido abrazo, sin dejar de posar para los fotógrafos, él ya sabía: el sueño andaba tocando fondo, porque la conversación de ambos antes de la salida del hotel fue una recopilación de frases cariñosas, entendidas más por una cortesía que por un lazo atado durante los días juntos.

Él no quiso separar los ojos del cielo mientras el avión se viera como un punto oscuro, sin una mágica señal donde la Diosa señalara que iba a coser el remate de los hilos sueltos por donde las acciones de Pepe tuvieron que deslizarse, en medio de la ira soterrada de Lucille, sin dirigirle la palabra en las siguientes semanas del mes de marzo, pues no fue sino a fines de abril de ese mismo 62 cuando aceptó viajar a Los Ángeles, los dos sabiendo la razón del traslado: él a buscar un encuentro con M. M. y la esposa fingiendo haber aceptado la tregua.

Pero en el espacio entre la salida de la Diosa y el viaje de Baños y Lucille, él tuvo que lidiar los reclamos de Pablito orillándolo a enfrentarse a Calvo, quien enfurecido —igual que si actuara en *El amor que yo te di*, de Tulio de Micheli— sin levantarse de su mesa en El Hórreo, gritó: nada había entre ellos, José era un vulgar mercanchifle dispuesto a echar por la borda el concepto de amistad, no lo metía a la cárcel en honor a su calidad de extranjero bien avenido en un país maravilloso, por desgracia con algunos hijos desnaturalizados. —Si fue cierto lo del veto, le aseguro, se contará con mi firma para mostrarle a los miembros de la industria la nula calidad moral de usted. Buenas tardes —usando el tono que tantos adeptos ganó en *La Muralla*, de Luis Lucía.

Bermúdez. desde la inclinación de la mirada, señaló: —Sumar antes que restar, ente de sociedad y no anacoreta, los grandes filmes se hacen tejiendo con la rueca de Penélope sin dejar que la soberbia los desteja. Ni modo, uno más en tu lista personal de francotiradores— después relató la historia de un individuo que por años se dedicó a utilizar a la gente para escalar puestos, olvidándose de los ya usados, hasta tener tantos enemigos que tuvo que irse a esconder a su pueblo y así escapar de los desprecios o los reclamos. —Lo malo —terminó Bermúdez— es que también en su pueblo había hecho de las suyas y las malas caras o los desprecios lo siguieron siempre. Por eso te digo, ya llevas muchas, la pregunta es: ¿hasta dónde puedes estirar la cuerda sin romperla?

El Piscacha simplemente lo ignoró, pero sin reclamarle nada. Le dijo ya no tener mercancía, a partir de ese momento le pedía no lo visitara más en el café.

—Cuando llega el déficit, se acabó el negocio, seguir es terquedad y a los tercos se los lleva la chingada, buenos días, mi amigo —con la opción de seguir manteniendo la relación con Baños nada más como cliente.

—Habrá alguien en los Churubusco que se encargue de atenderlo, amiguito.

Por varios días a Baños le dio por meterse a los cines. A las funciones matutinas del Venus o del Savoy, después comía unos tacos donde fuera y entraba a la función de las cuatro, ir botando de sala en horario hasta llegar a la calle Nazas cuando Lucille se apretaba en su sueño. Quizá no durmiera, quizá estaba esperando que él se desvistiera para en seguida utilizar la lengua, pero Pepe estaba cansado, como si la cuota de la Señora lo hubieran dejado inútil, fuera de actos de sexo o simulaciones buscando un objetivo, sin siquiera utilizar el recurso de la cocaína pues el último papelillo se había esfumado la tarde del viaje de la Diosa.

Por las mañanas la operación era diferentemente igual —así lo catalogaba él, Lucille saltaba de la cama y él fingía dormir, hasta una ocasión en que al levantarse vio un papel con un mensaje: llega temprano, es necesario que hablemos.

Sin serle desconocido el fondo del asunto, no podía decir en concreto lo que Lucille plantearía, pero en ese momento era más importante tener los cinco sentidos en alerta antes de la charla con Ricardo Cruz, quien la noche anterior lo esperaba solo, en un auto negro, afuera del edificio de la calle Nazas. José se percató de ello cuando lo vio salir. Luciendo la misma ropa ajada se acercó:

—Tenemos asuntos que dejar en claro, hermanito, he esperado con prudencia pero al parecer no quieres aceptar nuestros pendientes.

—Tú sabes que he tenido muchos problemas, Ricardo, no soy de los que olvidan sus compromisos.

—Qué bueno, ¿podemos platicar ahorita, hermanito?

—Estoy agotado, han sido días muy difíciles, ¿te parece bien mañana en la tarde?

—En la mañana mejor, te espero a desayunar en el Sanborn's de Lafragua, a las nueve, tú y yo solos —y regresó al auto sin decir nada más, sin esperar la confirmación de un somnoliento Baños quien sintió la orden debajo de las palabras, de ahí que el mensaje de Lucille pasara a segundo término en cuanto a la escena desarrollada en el restaurante donde lo esperaba el periodista, que sin mayores trámites le dijo necesitar, ya, las fotos de la Minolta.

—No es un juego, José, es algo serio y los dos estamos en esto, ni creas que yo voy a sacar la cara por ti, dame el rollo y asunto arreglado.

Baños no quiso decir así, de golpe, no tener ninguna foto. No había tomado fotos la noche aquella, más bien la madrugada en que estuvo solo en la suite de la estrella. ¿Por qué no lo hizo? Quizá fuera inútil explicarlo. Pero algo debía decir. —No tuve oportunidad de hacerlo, no hubo un momento en que estuviéramos solos —sabiendo que esa declaración golpearía su fama de amante de la Diosa. ¿Eso era importante ahora? ¿Fue buena la decisión de no tomar las fotos? ¿Algún día Marilyn valorará el sacrificio hecho en razón a sus sentimientos?

—Pues vas a tener muchos problemas.

—Yo me comprometí a tratar de hacerlo, no a hacerlo, todo estaba sujeto a las condiciones, y no las hubo.

—De pretextos y pendejos están llenos los panteones, hermanito. Los compromisos se cumplen, sobre todo si se hacen con gentes profesionales.

—No lo niego, sólo que no se pudo, ¿qué más puedo decirte?

—Ay hermanito, a mí no me lo digas, díselo a W y a Johnny, ellos son los que están esperando.

—¿Qué puedo hacer si no hubo oportunidad? ¿Crees que no me interesa quedar bien con ellos? —Al hablar busca la razón por no haber tomado las fotos. Sabe que no fue sólo la lealtad a un cariño sino por no creer que fuera importante, como no cree que el periodista diga en serio lo que está diciendo. Eso de los espías eran pendejadas fuera del mundo de José. Tan extraño como si alguien en ese momento le dijera: la Diosa valorará haber guardado la intimidad de la libreta guinda.

—Somos amigos y me preocupa tu salud, entiéndelo hermanito. Un trato es un trato.

—Tengo una invitación de la señora Monroe para visitarla en Los Ángeles —(Bien, bien, eso lo puede calmar). Darle a Baños la oportunidad de ir a buscarla, de saber si el comportamiento de Ella en la última noche fue por el choque y su borrachera, o hay otros puntos que no ha solucionado. (Bien, bien, Ricardo está pensando en la oferta. Bien, bien, quizá exista una segunda oportunidad.)

—Nos vemos aquí mismo en dos horas, voy a ver cómo te ayudo en esta chingadera.

Para qué se movía de ahí, le abrumaba caminar sólo por hacer tiempo, dándole vueltas al asunto, capoteando las rocas que le caían encima. Se compró los periódicos, algunas notas podrían matar la espera: Jane Mansfield (vulgar remedo de la Diosa) sufrió un accidente en Nassau. ¿Hasta dónde llegaba su responsabilidad ante el hombre de la embajada? Juliet Greco escribe sus memorias ¿Cuánto en verdad representaba la información pedida? La Bardot inicia la filmación de *El Reposo del Guerrero.* ¿Hasta dónde abarcaba Mangosta? Soraya, la ex de Irán, aceptó ser la estrella de una cinta. ¿Qué haría Scott —y su palero Cruz— o los Vanderbil al saber cómo había reaccionado ante la soledad y la libreta guinda? El torero Juan García, Mondeño, repite su actuación en la Plaza de Cuatro Caminos. ¿Por cuánto tiempo podría seguir fingiendo? El papá de Ana Bertha sentenciado a 10 años de cárcel por el asesinato de uno de los hermanos Anda, y ni una noticia sobre la Diosa, nada de sus planes,

¿qué estaría haciendo en ese momento en que él trataba de esperar las dos horas? No fueron dos, sino casi tres, Cruz llegó diciendo: No hay duda del poder de la Guadalupana. Te van a dar el pasaje y algo para los gastos, hermanito, estás jugando tiempo extra regalado —agregando algo sobre la suerte de Baños y de la confianza que le tienen.

José se quedó mirando al hombre mugroso, con rostro de comadreja, cargando el montón de papeles. Vio la cara de Win y de los Vanderbil, quien por cierto no se habían comunicado. Entonces lentamente, midiendo el peso de las palabras, dijo:

—Necesito dos pasajes, por muchas razones debo llevar a mi esposa.

¿Existe algo más para tomar esa decisión nunca pensada? ¿Por qué meter en esto a la vaca gorda? La verdadera razón no la supo ni la quiso saber mientras regresaba al departamento para esperar la conversación con Lucille, de igual nombre que la inmensa Ball.

VII

Al llegar a Los Ángeles, J. B. buscó un lugar donde vivir, un departamento de poca renta, situado en un barrio cercano a la casa de la Diosa en Brentwood. Halló algo adecuado en Venice. El Ships Restaurante resultaba estar situado entre ambas casas, eso le permitió al mexicano usarlo como sitio de espera. El sábado 4 de agosto de 1962, casi cinco meses después del viaje de la Diosa a México, J. B. entró al restaurante a eso de las ocho de la noche y se dispuso a esperar una hora para hablar con la Gran Señora. En sólo cinco meses su vida había dado un vuelco tal que le era difícil mirarse al espejo y reconocer a un mismo hombre incapaz de ver con claridad los sucesos repunteados en los arreones del estómago. Igual que en aquella espera en el Sanborn's de Lafragua, contaba los minutos con la misma desesperación que los había contado cuando Ricardo Cruz —tan lejano, tan impropia su remembranza en este sitio— aceptó entregar dos boletos de avión a Los Ángeles y apuntalar gastos mientras Baños obtenía la información de la Diosa.

Pero no fue un viaje, fueron dos. El primero pagado por ellos y este segundo en busca de atar los cabos sueltos en cuanto a su actuación al lado de M. M. De la misma mujer con quien va a hablar dentro de una hora pues él necesita aclarar la situación en que se encuentra, el futuro de ambos, las posibilidades que J. B. cree tener en cuanto a su película, la definición de algo más concreto que las amenazas, las peleas y la distraída actitud de la Gran Señora. Sentado una de las mesas de junto a la ventana, miraba el Ships Restaurante, y sus movimientos. Olfateaba su olor entre pan recién horneado, desinfectante y aceite vegetal.

A partir de que la Diosa se fue de México, José anduvo crucificado entre varios asuntos hasta lograr su viaje a Los Ángeles, más o menos al inicio de la segunda quincena de abril. Fue convencer a Lucille, quien manifestaba su negativa a ir aun cuando Baños intuía sólo un pretexto, pues su esposa no cancelaba en definitiva el viaje al que se refería de continuo, como sin cesar insistía en saber los motivos de su esposo para salir a diario a eso de la una de la tarde y regresar de madrugada, con aliento alcohólico pero sin demostrar signos de borrachera. De haber seguido a su marido, Lucille se hubiera enterado de cómo José llegó al café La Habana y sin hacerle caso a la mirada turbia del Piscacha, le dijo:

—No hay segundas, lo sé, pero puede haber una oportunidad con otra persona. Chingo a mi madre si te dejo mal. Necesito ingresos. —Y siguió con una perorata sobre sus problemas. Don Nabor debiera darle la última oportunidad y así ponerlo al filo de la puerta en ese negocio y él —Pepe— no iba a ser tan imbécil para cerrarla. Uribe sin verlo, escribió algo en una tarjeta y se lo dio.

—Es la última, ¿eh? si la desperdicias te vas a acordar de mí ¿eh? No quiero verte más. Desde ahora otro es tu aliado, si es que él quiere, ¿eh?

Nabor Uribe, nayarita hasta la médula, miró al hombre alto y delgado disponerse a salir del Habana. Le fue viendo la facha: bien peinado, nervioso, con los ojos un tanto hundidos, cargando el prestigio de haber tenido en la cama a Elsa Aguilar, a la niña Gabriela —amante de un cliente antiguo, un judicial apodado el Gordo Mendoza— pero sobre todo a Marilyn Monroe. Carajo, algo debe de tener este tipo —se dijo mirando al hombre que ahora ya sale del café. Los papelillos de dos semanas habían sido puntualmente pagados, Baños no había dejado de cumplir estrictamente aun cuando no lo supiera, quizá por eso le dio las señas de Grijalva para que con él continuara arriesgando en el negocio, pero ya no vendiendo en el restaurante de los Estudios, sino en otra parte. Pepe y Grijalva deberían de ingeniárselas buscando, por ejemplo, en los sitios de rodaje— pensó Uribe mientras se levantaba a tomar el teléfono.

No era lo mismo tratar con un verborreico y fatuo Grijalva quien a cada momento fingía estar frente a cámaras, que con el secote nayarita de Nabor, pero el horno no daba para más y la necesidad de obtener dinero llevaba a Baños a visitar los lugares de filmación de *El ángel exterminador*, del *Señor Tormenta, El misterio del Huracán Ramírez, El monstruo de los volcanes,* en cuyas locaciones tenía oportunidad de vender y quedarse con el remanente estando seguro de que muy pronto iba a necesitarlo.

Durante el rodaje de *El extra*, dirigida por Miguel M. Delgado —a quien en los corrillos se mencionaba como uno de los peores directores del mundo, mientras miraba a Cantinflas maltratar a los del staff, regañar a tirios y troyanos, pelear con los argumentistas, pichicatear por un centavo, hacer llorar a Alma Delia Fuentes, quien soportaba todo —hasta los requerimientos extra trabajo del mimo con tal de subir al estrellato, se acercó Ricardo Cruz, como siempre andrajosamente vestido, diciendo: nuestro amigo de la embajada quiere hablar contigo, mañana a las nueve, en el mismo sitio de siempre. ¿Lafragua? Sí, pero en Sanborn's.

El Habana, el Ships, el restaurante de los estudios, el Konditori, El Mallorca, La Scala, El Patio, El Taquito, El Paco, La Terraza, Arroyo, La Perla, el Capri y un montón más de nombres, ¿cuántos restaurantes y bares han influido en su vida? Pero bueno, ¿hay alguna razón para pensar en esas tonterías este 4 de agosto en el Ships mientras espera el paso de una hora para hablar con la Señora de Platino? Nombres de sitios recordados como lista de supermercado en la que se debe incluir el restaurante Campanile, porque ahí fue donde la Gran Señora dijo las palabras que todo hombre necesita para sentirse hombre, sobre todo dichas enfrente de los amigos de ella y en contra del hermano del más poderoso del mundo, el joven de los hermanos, un Edward de quijada dura, de pelo rojizo, rebelde, complexión fuerte, mirada torva propulsada por los whiskys, con los puños apretados porque J. B. se encaró con él. En eso piensa mientras ve el reloj y se fuga hacia los reclamos y las nalgas de Liz, el rostro de Lucille pidiendo explicaciones, lo espantado del sueño, la duda de ella entre regresar a México o de plano perderse en Texas o en Alabama donde dice tener familiares. J. B. sabe que ésa es su noche, la definitoria que puede ponerlo fuera o adentro, sobre o abajo. La noche es una larga temporada cuyo inicio se dejaba ver en las colinas de Taxco, lo deshilado en los secretos de la Gran Señora buscados y analizados por los hombres de Win, de Sam y los Vanderbil. De todo esto, ¿cuánto le correspondía a M. M? ¿Hasta dónde llegaba el poder de Scott? Porque si bien la espera de ese inicio de agosto era igual a la de meses antes, no era igual el mexicano aguardando, aun cuando fuera el mismo. Allá estaba en su terruño y no tenía miedo. Hoy está lejos y el miedo le da vueltas a su vida y a las decisiones por afrontar, porque conoce el peligro, intuye a las personas que deben de vigilarlo ¿Ese negro de boina? ¿Esa morena de falda amplia? ¿Ese joven delgado? ¿Aquel hombre de traje azul? Existen muchos cafés, bares, restaurantes en donde ha tenido que esperar, como esperó a Win aquella tercera semana de marzo en el Distrito Federal cuando el hombre de la embajada, sonriente, se sentó junto a él en una de las mesas del restaurante, cerca del área del bar de Sanborn's.

Al llegar a la puerta Win lo vio. Sin avanzar observó al hombre fijándose en sus actitudes. Al parecer se mostraba tranquilo. Para Scott se trataba de una carta más. Una jugada adicional a las operadas en otras partes sabiendo que la cantidad impresiona a los de la Agencia y el resultado de sus acciones iba a ser tomado en consideración cuando pidiera su retiro para irse a

Iowa, a comer *hot dogs* en el *down town*, remar en el canal o caminar por los campos de maíz. Sabía también de la ambición de Baños, su obsesión por figurar en el medio cinematográfico, de la necesidad del dinero para cubrir las ahora cada vez más acuciosas listas de Satín quien, según Cruz, estaba dispuesta a lo que fuera con tal de acabar con su ex marido. Pero aun sabiendo que ese hombre era uno de los que podía usar para descubrir lo que la artista sabía, también Win estaba consciente de las limitaciones de su contacto, pues al no estar enterado de nada, pudiera leer algo importante y no darle el valor tenido, si Baños tuviera un poco más de conocimiento del asunto. No se trataba de darle una relación completa del plan —algo que por demás andaba ya en boca de la gente de los periódicos pues los mismos cubanos de Miami se habían encargado de difundirlo, sino de medir el asunto imbricado con los misiles, eso era la otra cara del expediente. La agencia debe saberlo también y si en algo podía contribuir Baños, pues adelante. La visión de un descanso, el regreso a Iowa City, le marcaban puntos a no descuidar en ese operativo calificado por Scott como importante en su carrera, y quizá el último. Había que enterar a Pepe, pero sin enterarlo. Inducirlo sin introducirlo. Hacerle creer que se trataba de una operación más sin darle el verdadero valor a la búsqueda. Era dispararle a la presa sabiendo que si se le da, bueno, y en caso contrario hay otras en otros sitios. A Somoza le aprendió el trato con los latinos: alimentarles el ego, subirlos a base de lisonjas, no escatimar adjetivos y recalcar, insistente, el agradecimiento del gobierno americano y las mil posibilidades que eso trae como consecuencia.

Sin mencionar la cámara fotográfica dijo:

—Usted ha cautivado a la Señora, de los pocos que han logrado esa hazaña, no la desperdicie y ayúdenos, le aseguro que el gobierno y la ciudadanía norteamericana no olvidarán su acción, esto tiene las ramificaciones que un hombre de su talento puede suponer, y no olvide utilizar la cámara— mencionó al desgaire antes de despedirse y dejarle un sobre de color amarillo. Baños apenas expresó un sí, estar dispuesto, no tener la necesaria sangre fría para hacerlo de un golpe, necesitaba tiempo y entender el asunto, no lo suficiente, por supuesto, pero sí algo más. Como por fortuna entendía después de la plática con míster Scott, quien oculto entre los juguetes de la tienda vio salir a un garboso Baños jugando con el sobre en la mano, distraído, echando el cuerpo hacia adelante como si llevara una gran prisa.

¿La Gran Señora estará consciente de lo que sabe? ¿Siquiera lo valora? Las preguntas se le amontonaron en la cabeza desde el momento de terminar la charla con el hombre de la embajada, y siguieron apiladas dando cada una de ellas un piquete en el estómago, triplicado por los demás asuntos: convencer a una convencida Lucille, llevar la ropa adecuada, esperar el día del viaje con esa desazón que le causan los traslados, sobre todo éste, su primer viaje al extranjero, enfrentarse a referencias inexistentes, y aunque los calambres en el estómago se acentuaron, aceptó que debía arriesgarse llevando, en un par de libros de doble fondo, suficientes papelillos para sostenerlo durante los siguientes días.

La actitud agresiva de su esposa se cambió en felicidad al aterrizar en el aeropuerto internacional de L. A. El cambio en Lucille fue notorio. Alababa cualquier cosa, se mostraba alegre mirando las calles, señalaba edificios y plazas y ella fue quien dijo: lo conveniente sería instalarse en Venice, sin J. B. saber que el sitio le sería adecuado por la relativa cercanía con la casa de la Señora de Platino. A la suma de sus dudas debía agregar la razón de haber llevado a Lucille, pero al ver el desenfado y gusto admirando su país, sin aceptarlo de una manera concreta él percibió la razón en un apoyo en ella para vencer la timidez de enfrentarse a un mundo desconocido, difícil de penetrar.

Ahora, después de un segundo viaje, de recorrer la ciudad, saber algunos de sus secretos, padecer las agresiones, tener encima a los hombres de Roselli, compartir momentos con la Diosa, esperando en el Ships, sabe: la vaca Lucille ha sido cambiada por otra igual llamada Liz, y el anterior apoyo se ha convertido en una armazón para no sentir la soledad de las noches en que la Gran Señora no ha podido recibirlo. ¿No ha podido? O simplemente la presencia de J. B. se ha convertido en un elemento extraño.

Al llegar a Los Ángeles se hospedaron en un hotelito del centro de la ciudad. Lucille se dio a la tarea de conseguir departamento y J. B. en buscar a la Diosa. Unos días antes de cambiarse a Venice, él, después de varios intentos, logró hablar con Pat Newcom, ella dijo: la Señora está muy ocupada en un proyecto con Gene Kelly, pero ya fue enterada de tu estancia en Los Ángeles.

—¿Desde dónde me hablas? ¿La Scala? Creo conocerlo. Qué bueno que te comunicaste. Llama hoy a las seis de la tarde, espero tener buenas noticias —terminó la Newcom sin preguntar por los amigos de México, ni por el español-toluqueño.

Dejó la cabina telefónica de La Scala. Faltaban algunas horas para la seis de la tarde y le entró una gran pereza de regresar al departamento en Venice y ayudar al arreglo, pero también le entró un sordo miedo de salir a caminar por calles sin peatones, avenidas interminables. Como en otras ocasiones, se dispuso a esperar sin tener ahora a la mano un periódico con el cual entretenerse. Pidió otra taza de café, sacó su bolígrafo, trazó en la servilleta una serie de notas no relacionadas con guiones o argumentos sino con dudas y preguntas. ¿Qué ganaría él dando la información? ¿Cuál será la pérdida? ¿La Señora tiene lo que ellos están buscando? ¿La razón por la cual no tomó las fotografías la última noche en el Distrito Federal? ¿El verdadero papel de Lucille en esto y en su vida? A las seis en punto llamó. Pat le dijo: el día de hoy era imposible, pero la señora lo esperaba mañana a la hora del lonche, ¿está bien a la una de la tarde? Te esperamos.

Tomó el autobús y a unas calles de su casa vio el cine. Sin pensarlo dos veces se bajó para entrar a la sala, semivacía, olorosa a un desconocido desinfectante. Se estuvo ahí sin saborear una comedia con Rock Hudson y la Lollobrígida, prefiriendo ver la plana acción de manidos chistes que llegar al departamento y escuchar los reclamos por su ausencia, la mirada de Lucille siempre preguntando algo, la inquietud de los ruidos indefinidos, sintiendo sin detenerse los golpes en el estómago.

La noche lo recibió en la calle, pero también la llamada desde un auto grande. Hey, le gritaron. Aun sabiendo que nadie podía dirigirse a un desconocido como él lo era en una ciudad desconocida, por costumbre giró la cara hacia donde provenía el segundo y tercer hey. La puerta abierta del auto, la figura semidoblada de un hombre en la parte trasera del vehículo y la mano del tipo haciendo una seña para que J. B. se acercara. Éste movió los hombros tocándose el pecho con el índice. ¿Yo? No distinguía el rostro del hombre. Veía el cuerpo, la pulsera brillante colgada de su muñeca, el traje oscuro. Ven acá —dijo la voz— y J. B. se acercó con cuidado, con los piquetes en el estómago recalcando el peligro.

De primera instancia no reconoció al del auto, eso fue sólo un segundo pues al ver las facciones, lo relamido del cabello, las manos fuertes, el bronceado perfecto, supo de quién se trataba: Roselli, Johnny Roselli. Un tipo igual pero con el acento de la voz rígido, sin la impostación amable usada en el Distrito Federal, sin esa cortesía socarrona. Así lo captó en las palabras mascadas en la quietud del auto, sin siquiera usar los convencionales términos de quien saluda a un conocido después de compartir un largo viaje.

—Esto es trabajo, no juego, recuerde que hay gente esperando sus resultados. La hora del lonche es momento adecuado para tantas cosas.

J. B. levantó los ojos con un esbozo de sonrisa recolándose en los recuerdos de El Patio, en la fiesta del Indio, pero al ver el rostro del otro, se esfumó sin más trámites:

—¿Usted me ha visto jugar en alguna parte?

—Sea usted presente, no historia. Pronto lo saludaré de nuevo —indicando así el fin de la entrevista.

La relación era unilateral pues él no sabía dónde comunicarse con Roselli. J. B., parado en la acera, vio alejarse las luces del auto sintiéndose mortalmente solo. Desde su llegada, Los Ángeles se le había echado encima, pues nada de la ciudad lo conectaba con su reciente pasado, sus únicas defensas eran Lucille y la esperanza de que la Diosa lo elevara a otros sitios, pero la aparición de Roselli le abría diversas rutas al darse cuenta que su presencia no pasaba inadvertida. Las siempre constantes preguntas se doblaron: ¿Cómo pudo Roselli encontrarlo? ¿A quién representaba? ¿De qué forma se enteró de la hora de la cita al día siguiente? La mención del lonch era notoria. Por supuesto, por supuesto, se trataba de un claro mensaje: para ellos no existen ni los secretos ni la discreción de las citas. Sus oídos cubren la ciudad, sus hombres la patrullan. ¿Se trataría de una película? Qué lejanos están ahora sus sueños. Detenido en la acera sabe que nada le fluye adentro. De nada puede asirse hasta no tener enfrente a la Señora. ¿Ella pensará en él? La mirada de Roselli le causó esa desazón aumentada por el hecho de tener que esperar —otra espera, carajo— la noche de ese día y parte de la mañana del siguiente hasta llegar a la casa de Brentwood, como llegó en punto a la cita tratando de olvidar lo que pese a los nervios por la inminente reunión, durante el trayecto no pudo olvidar: la escena de su esposa, sus reclamos y el por primera vez mencionado divorcio, diciendo:

—Creo haber llegado hasta donde se pudo. Debemos de ir pensando en buscar otros caminos —masculló Lucille con los ojos fijos en él.

—¿Te refieres al divorcio? —replicó Baños sintiendo el cansancio más allá del dolor en los músculos. Y ella nada contestó, sólo lo miraba desde adentro, reclamando sin hablar, asintiendo sin hacerlo. J. B. nada intentó con la esposa durante la noche. Dejó que ella, rendida por el trabajo de armar la casa, se durmiera, y él se fue a la pequeña estancia y mirando una calle solitaria, desconocida tanto en sus ruidos como en su paisaje, usara un cuarto de botella de Smirnoff y medio papelillo de coca —hay que administrarla, hay que administrarla— aguardando el cese de los piquetes en el estómago, la llegada de las luces iluminando este nuevo *set* norteamericano.

Emplazaría cámaras en varios sitios: extremos de la calle, enfrente de la casa y una más a la orilla del jardín. Panearía para dar una idea general de la locación. Que el público pudiera observar con detalle la construcción. Un jardín al frente más o menos de unos 15 metros desde la acera hasta la casa. Pasto bien cortado. Un león de juguete mirando a la calle. Cuatro palmeras alineadas, separadas entre sí por un buen espacio, plantadas a unos metros antes del edificio, y éste de un solo piso, en estilo que alguien podría calificar como de californiano, de amplios ventanales, un portón para dar paso a los autos. La parte de atrás, apenas avizorada desde la calle, muestra las copas de varios árboles frondosos. Lo que las cámaras externas no pueden filmar, ni J. B. admirar, es la extensión del jardín posterior y la piscina de fondo azul claro, iluminada por las noches. José llegó en taxi. Con el pecho brincando caminó por la vereda junto al jardín, sonriendo por la broma del león de peluche cuidando la propiedad. Antes de tocar el timbre de la puerta de madera, Pat salió a recibirlo. Era la misma de semanas antes, pero en los ojos de la mujer —vestida sin una arruga, con el cabello en orden meticuloso— algo brincaba, un brillo de fastidio que no pudo disimular al darle la mano sin acercarle la mejilla.

—México eres tú, Pepe —dijo mientras lo invitaba a pasar.

Si J. B. hubiera mandado las cámaras al interior de la residencia, éstas captarían unos salones amplios con muebles mexicanos, figuritas de barro, platos de cobre, ollas de Oaxaca, en medio de un desacomodo triste, como si nadie se ocupara de limpiar y ordenar los objetos. Una frescura silenciosa flotaba en la habitación en desniveles que él recorrió tras los pasos de la Newcom parloteando sobre la decoración de la casa: los muebles y adornos acababan de llegar. —Las actividades de Marilyn nos tienen sin descanso— dicho en tono de informe financiero. Seguía escuchando a Pat, ésta nunca anunció la aparición de la Señora, tampoco utilizó algún matiz de confidencia que le hiciera sentir el calorcillo del gusto por su presencia, sólo al despedirse —después de justificar la ausencia de Marilyn y decirle: lo esperaban hoy mismo a las siete de la noche para ir a una cena, por favor, de etiqueta —le expresó en voz baja y ya en los terrenos del león de peluche: —Cuídate mucho, no dejes de lado ninguna precaución —dejándolo en la acera sin volver la cara para despedirse.

Mientras transcurría la hora entre las ocho y las nueve de ese sábado 4 de agosto, J. B., plantado en una de las mesas del Ships Restaurante, estuvo consciente: desde su primera llegada a Estados Unidos a finales de abril, su regreso a Tijuana a finales de mayo, su retorno a Los Ángeles a fines de julio, hasta este inicio de agosto, el denominador común habían sido las esperas. En los aeropuertos, en los taxis, en los autobuses, en las antesalas, en los restaurantes, en las calles, en la estancia de la casa de la Diosa, en la soledad del departamento de Venice, en el hospital, en los continuos reclamos eróticos de Liz, y las señales por venir no variaban la continuidad de esas esperas. Apenas recordaba las palabras de Bermúdez y la verborrea de Grijalva, las sentencias premonitorias de Cruz y la ausencia de Pablito. No se aparecía ahí ni el turbante de Elsa, ni las continuas muertes de Gabriela, pero tampoco las cartas de Satín ni su hija disfrazada de puta. Era flotar en otros mares donde tiburones más fieros que don Gre rondaban su presa. ¿Por qué seguía entercado en bracear al lado de la Señora? Y ante esa pregunta llegaban en marejadas las acciones sucedidas, como la de aquella noche en que fue invitado a la cena —de etiqueta, por favor— sin haber podido aún siquiera saludar por teléfono a la Diosa.

De nuevo la rutina ya conocida lo envolvió. Pat salió a recibirlo, antes de eso J. B. pudo admirar la casa con las luces prendidas, el león de peluche echando llamas por los ojos. Una casa con claro oscuros que lo lleva a pensar en las mansiones de Valentino, de Fairbanks, en ese abandono luminoso —contrastante con las demás casas de la calle— que marcan las cuatro palmeras cuyas ramas se mecen como poniendo musicalidad de trópico a la escena. Las luces del interior eran más débiles que las de afuera, eso pudo constatarlo al sentarse y ver que no existían lámparas directas sino de ambientación, como las de un foro cinematográfico, ahí donde inició su actuación missis Pat Newcom —de negro, collar de perlas de dos hilos— ofreciendo una relación de los invitados de esa noche:

—Seremos ocho: Johnny, a quien ya conoces, su nueva conquista, Lauranomeacuerdo, el doctor Greenson y su esposa Mary, Edward, y nosotros tres.

De inmediato a él se le ocurrieron varios asuntos aumentando el rosario inmenso de preguntas: ¿Edward sería el menor de los Kennedy? ¿Por qué estaría ahí Johnny? ¿Cuál sería el papel a representar por J. B? ¿Resultaría una sesión aclaratoria? Por mientras podría aclarar algo:

—¿Edward es ..? —sin terminar la pregunta ante la señal de silencio de la mujer, quien se llevó el dedo a la boca. El mismo dedo señalando silencio cuando llevaron a la Señora dormida a la cama del hotel Hilton. Pat le indicó mantenerse quieto, tomó un papel para escribir: no hagas preguntas, sigue mi conversación. Ella charló recordando Taxco sin mencionar a los Vanderbil, la bella casa donde fueron hospedados, aquella esposa competitiva, la linda música de los marriachis, las margarritas. Después —marcando el dedo en la boca— siguió con los muebles tan originales, en especial los que Marilyn tiene en su alcoba, donde resalta un cántaro de Michoacán —¿así se dice?— pintado a mano. J. B. se dio cuenta: la mujer no iba a variar el tono y menos dejarlo adentrarse en otros asuntos pues durante la perorata recordante —más para acallar que para disfrutar— Pat a cada momento regresaba el dedo a la boca. Cerca de las ocho, cuando ya el tono evocativo iniciaba su segunda vuelta con lo de la compra de los muebles, la casa del director y lo del choque del Cadillac, apareció la Diosa.

Como si fuera la primera vez, J. B. resintió el golpe en el estómago. Era la luz misma dentro de la luz. Detenida bajo el quicio de arco de una puerta que a su vez era la entrada al gran *set* del planeta. Se dejó ver y el hombre olvidó la existencia de otro asunto. Estaba más delgada. La pelusa dorada de las mejillas ofrecía tonalidades de halo. Los dientes blancos y perfectos. El cabello peinado al desgaire. El vestido blanco, de seda, drapeado, se untaba al cuerpo. Sin una sola joya o reloj. Era la aparición de la savia de los ríos sin destino. El brillo de las sirenas. Las estatuas del fondo del mar Egeo. Arpas y cítaras. Bailes y cisnes. La hechicera de Excálibur. La más bella del mundo distante apenas en unos metros. Él se levantó del sillón. Esa figura detenida en la sala de la residencia era la misma que gritaba en la cama, resoplaba untando su pubis hasta lo profundo del goce, aullaba en las madrugadas, la misma pero ahora representando el papel de la Diosa sin conceder ni un milímetro de su Olimpo por donde paseó la mirada y después la figura, hasta extender la mano en un acto de magia soberana y entregarle al hombre la punta de los dedos:

—Los vasallos de Randy Mandy se reúnen —jaló con suavidad al hombre besándolo sin aplastar los labios—. Vamos —dijo al tomarlo del brazo.

La limosina los depositó a la entrada del Campanile. Durante el trayecto la Diosa habló de México como un acto amable mientras bebía champaña tibia y tomaba un par de píldoras. Iban sentados los tres en el último asiento, J. B. sentía el cuerpo de la Gran Señora y percibía la respiración agitada, tensa por algo. Por un momento le tomó la mano, ella se dejó hacer sin detener la charla, que bajó de tono cuando al oído preguntó si Pepe llevaba algo de su propia cosecha, la blanca, dijo riendo, comparando el color con la piel de su hombro.

—Necesito hablar contigo —dijo J. B. un momento antes de bajar del auto. Pat repitió el movimiento del dedo silenciador sin que en apariencia la Señora de Platino se diera cuenta.

—Más tarde —explicó la Señora cuando ya los curiosos se acercaban pidiendo autógrafos, reclamando ser fotografiados con ella. El chofer de la limosina apartó con amable fuerza a la gente dejando que un tipo alto, grueso, canoso —Roger, saludaron las señoras— las recibiera en nombre de la casa, llena de orgullo de tener como invitada esa noche a la gran artista.

J. B. podría jurarlo, no hubo gente que no se levantara de sus asientos para ver a la Señora.

Inclusive —recuerda— los aplausos se escucharon en algunos sitios. Roger los guiaba henchido por la cercanía de la artista. J. B. la llevaba del brazo pese a sentirse incómodo tratando de darse seguridad ataviado con el smoking alquilado.

Lauranomeacuerdo no pudo contenerse lanzando grititos mientras abrazaba a una chispeante Marilyn. J. B. se dio cuenta que el efecto de las pastillas estaba en pleno apogeo y mientras eso sucediera, la Gran Señora se mantendría bulliciosa, apenas dejando ver los efectos en el entornado de los ojos. J. B. sintió un leve estremecimiento en el cuerpo de la Diosa cuando ella saludó a Edward Kennedy, alto, fuerte, con el cabello rebelde, mostrando signos de molestia en la embriaguez. Al saludar dijo:

—Te mandan saludos —moviendo las cejas, guiñando un ojo.

M. M. no dio señales de haber recibido el mensaje. Quizá por ello Ted —como le llamaban— insistía en lo desagradable de las esperas. El doctor Greenson —de barba, ojos hundidos rodeados de intensas ojeras, de bigote y pelo entrecanos— saludó cordialmente a una eufórica Señora quien manifestó estar feliz por la compañía de Ralph y Mary, la esposa del doctor, tímida, como si estuviera fuera de su ambiente. Roselli se mantuvo atento, distanciado. J. B. fue saludado con helada cortesía, mientras se sentaban, a la derecha de él la esposa del doctor, a su izquierda la Gran Señora, que a su vez llevaba de compañero a Greenson.

Sin dejar que los de la mesa pidieran algo pues ya un par de botellas de champaña estaban a los lados, Ted —como si nadie más estuviera— dijo mirando fijamente a la Señora:

—Este edificio perteneció a alguien tan famoso como tú, ¿sabes a quien? —y dejó el suspenso la pregunta. La Monroe —riendo— recordó necesitar su libreta, pues así, de momento, no lo tenían en mente.

—A Charles Chaplin, fueron sus oficinas, pero bueno, ahora en Europa debe de haberlo olvidado.

A partir de esa pregunta la reunión tomó rumbos definidos: Ted bebiendo whisky tras whisky, hablaba en tono agresivo, sin dirigirse más que a la Diosa, ella cuchicheando con el doctor, éste silencioso escuchaba con atención, Roselli y Lauranomeacuerdo intercambiaban de vez en cuando algunas palabras sin que Johnny dejara de mirar a J. B. quien platicaba con Mary sobre algunos aspectos de México que la señora deseaba conocer por lo bien que le habían hablado de Acapulco, de las maravillas que Richard Burton decía de Puerto Vallarta. La Newcom recorría con los ojos a los invitados. Ted, en la terquedad de hacer oír su palabra, levantó la voz y el cuerpo:

—Las perras fingen no escuchar cuando no les conviene, pero si fueran otros los que hablaran, ya estarían moviendo la cola.

La Señora de Platino giró el rostro hacia el hombrón de cabello rojizo. Movió con lentitud la cara como si estuviera en *River Of No Return* y dijo con la voz tan suave que pareciese estar en un parlamento de *The Seven Year Itch:*

—¿A qué te refieres?

Ted soslayó la pregunta al seguir con su charla ahora involucrada con la amenaza al mundo libre, los esfuerzos en favor de la paz realizados por el presidente, para insistir en la amenaza del comunismo a ochenta millas de las costas americanas. La tensión en la mesa era desagradable y aumentó cuando la Diosa dijo estar harta de la paranoia de quienes suponen a los cubanos capaces de agredir cuando apenas tienen para comer. Ted apretó la mandíbula:

—Las perras ladran sin saber a quién.

—Las perras a veces saben más que los castrados —sin dejar de sonreír como si estuviera en una escena de *Let's Make Love.*

—Los problemas se hacen por lo que las perras se enteran cogiendo.

Con apenas un ligero temblor en las manos, la Diosa habló sin permitir interrupciones: idiotez, cerrazón, asesinato, complot, soberbia, mercenarios, fueron algunas de las palabras que hicieron palidecer a Ted.

—Eres una inculta y estúpida comunista, nunca he entendido cómo ellos pueden soportar tu presencia más allá de usarte.

La Gran Señora iba a contestar, pero sus palabras fueron cortadas por la voz enronquecida de J. B.

—No sé cuáles sean las reglas en este país, pero en el mío nadie le habla así a una dama sin recibir su merecido. Le advierto, un insulto más y no respondo de mis actos.

Las palabras dichas sin estridencias suspendieron la discusión. Nadie osaba abrir la boca. La Diosa miró con fijeza al mexicano. Roselli salió de su letargo haciendo un gesto dobleteado en los ojos del hermano menor del presidente. Pat tosió limpiándose con la servilleta. El doctor y su esposa se miraban entre sí. El hermano menor apretó los puños.

—Discúlpese —silbó J. B.

Pat hablaba en voz baja con un ahora endurecido Ted. Éste movía las manos como buscando una frase o una acción, por fin, arrojando al suelo la servilleta, salió sin volver la cara. Roselli ordenó servir otra ronda, Lauranomeacuerdo repetía Dios mío, Dios mío, y la Señora se fue al baño seguida de la Newcom. Greenson y Mary trataron de iniciar una conversación sin incluir a J. B., éste se levantó de la mesa y fue a la barra del bar esperando el regreso de ellas. Cerca de media hora después, al verlas caminar rumbo a su lugar, él también lo hizo. Al sentarse, la Señora lo besó diciendo: a los países les hace falta tener hombres de verdad.

—Como tú, Pepe.

Y lo besó de nuevo.

La rutina del Ships Restaurante estaba en calma. La espera de una hora se iba diluyendo a cuenta gotas permitiendo a los acontecimientos entrar en detalle, retomar las escenas de esa película donde uno de los actores, conocido como J. B., fugado de la casa de una mujer llamada Liz, aguardaba en un restaurante para hablar a la casa de la estrella de la cinta, y definir algo más tangible que los sucesos de las últimas semanas: recordó el Campanile donde algunos comensales cuchichearon al darse cuenta del incidente. La salida de la Diosa y sus dos acompañantes. En la limosina la Señora festinaba el valor del mexicano mencionando la carencia de bolas frente a la vida. Los hombres no se detienen por el miedo. ¿Quién no tiene miedo?: los locos. Los demás deben vencerlo, eso es el valor de los hombres —tomando la mano de él, llevándosela a los pechos. Mira cómo me excitan los hombres, siguió diciendo parte de la noche, tocando el miembro de él, sopesándolo, dirigiendo su voz hacia el falo tomado como micrófono, en medio de los pases de cocaína, de poses en el suelo, en la tina, en la cama, sobre la mesa del comedor, aun así, J. B. sintió el caliente pago de una factura intensamente gritada.

Se fijó en los muebles. De madera, mexicanos, adornos coloridos, un sarape sobre un sillón, un par de ollas de barro negro, una lámpara huichola —sigue paneando con la vista, con la nariz— se adentra en la habitación, la cama ancha, de cabecera herrada, siente la sed y el dolor en las rodillas, se toca, recorre los rasguños de haberlas encajado en el piso y aumentar su fuerza contra el sexo, gira y ve junto a él el bulto cubierto, se acerca y escucha la respiración, cierra los ojos en espera cuando oye un leve araño en la puerta, alza la cara, la puerta se abre poco a poco, ve la cara de Pat, ella lo ve, se miran, se sonríen, la Newcom le hace una seña: el dedo en la boca, después ese mismo dedo se extiende, va hacia el frente, se dobla una y otra vez, lo está llamando, ordenando salir de ahí en silencio. De la mano lo llevó al baño y ahí lo dejó cerrando la puerta. Al salir después de una ducha hubo de usar la misma ropa de la noche. En la mesa de la cocina estaba el desayuno. Comió despacio, teniendo a la mujer de guardia sin permitirle hablar más que las lógicas cortesías. Entregándole el saco, de nuevo con la mano lo guió hacia el jardín. Pat fue con él a la acera. El peluche felino seguía en medio del pasto. Ella dijo haber pedido un taxi para dentro de diez minutos. Debemos hablar y sin más le dijo: por el momento era necesario no dejarse ver tan seguido con la Señora, debía mantenerse en contacto, estar en guardia, no era descabellado pensar en alguna venganza. Habló del cercano cumpleaños del presidente Kennedy, del trabajo con Gene Kelly, la lectura de unos guiones, y una necesaria calma, pues el apremio era cada día más fuerte. —Tienen todo controlado, necesitas ser precavido con lo que dices.

El taxi lo dejó en La Scala y tomando café se dio a cavilar sobre la posibilidad del chantaje diciéndole a Roselli tener la información y a cambio pedir una buena cantidad de dólares. ¿Cuánto? No lo sabía a ciencia cierta, quizá diez mil, o el doble, eso debía de ser ya, ellos no aceptarían un lapso mayor, y al pensar en eso entró el rostro cuadrado de Ted y las palabras de la Newcom. ¿Podría la Señora darle algún consejo o señalarle algún camino? ¿Él tomaría partido por ella o por ellos? Y en esa disyuntiva, ¿la Señora estaría en algún partido?

Lucille no estaba en casa cuando J. B. llegó pasado el mediodía. Los ruidos de la calle no acallaban sus dudas y el olor del departamento le dejaba esa desazón de lo desconocido. Las ganas de seguir tras la Diosa andaban por los suelos. Nada podría decir en cuanto al comportamiento de la Señora, pero el apretón en el estómago le indicaba la diferencia de actitudes. Ya no era la misma mujer, ni las mismas condiciones. Por un momento pensó en la idea de haberse convertido en un juguete de peluche tirado en la cama en lugar de césped, iluminado por luces ajenas, sin vida, con la figura cuidada pero sin emitir más que reflejos y no rugidos. Buscó un par de rayas de la blanca. Las ayudó con el Smirnoff, al sentir el líquido correr apagando los estrujones del estómago, pensó que en ese país un descuido lo llevaría a la caída y escondió los papelillos dentro de los fondos falsos de los libros. Con los ojos cerrados se echó en la cama. Dormiría quizá, porque al incorporarse la tarde era de tonos grises y los toquidos en la puerta lo regresaban a la realidad de un país extraño, de una Señora ausente, de secretos inconclusos y de una soledad sin fronteras.

A partir del sonido en la puerta los acontecimientos tomaron la velocidad de un Cadillac en la carretera. En los siguientes días —recuerda en el Ships mientras espera den las nueve— los cambios se dieron como sucesión de naipes, sin que nada le detuviera el golpeteo en el estómago. Con algo de rabia y cansancio se levantó para abrirle a Lucille, pero no era ella sino un hombre rubio, alto, de lentes contra el sol quien preguntó su nombre. Él sentía lo pastoso de la boca amarga por el vodka y la blanca y sólo movió la cabeza. Entonces el hombre —gordo, de traje oscuro— le dio un empellón, entró al departamento, atrás de él otros que desde ese instante fueron sombras, porque al tratar de incorporarse recibió el primero de los golpes que recibiría. Se sintió tomado con fuerza de las dos manos y alguien le levantó la cara al recibir el siguiente mazazo en el estómago. El bienestar de la blanca y el Smirnoff se hizo de dolores al sentir el segundo y tercer golpe que lo dejaron jalando aire en la mitad del mareo. Apretó el estómago para resistir, pero de pronto el puñetazo fue en los riñones y con ello el dolor explotó como castillo de luces en Taxco. Entonces lo sentaron en una silla, le jalaron los brazos hacia atrás, alguien le tiró del cabello para sostener su cara hacia arriba desde donde apareció el rostro del rubio de lentes: —Lárgate grasoso, no te metas con las personas de aquí, dame la cocaína. Lo levantaron y siguieron golpeando al tiempo de oír que le mandaban saludos del Campanile y sentía la ausencia de la respiración, los dolores recorriendo el cuerpo, el olor de los hombres, ¿cuántos? De nuevo lo sentaron en la silla. Con los brazos a punto de romperse y al levantar la cara no pudo ya definir quién estaba enfrente, si el rubio de lentes, o un negro de bigote, o un libro aparente, cuando llegó el espantoso dolor en los oídos golpeados por las palmas de un alguien de gran fuerza, el mexicano se resbaló hacia el suelo con el ruidero brutal en las orejas y la boca seca como un pez en la arena.

Al abrir los ojos, desde su posición en el piso, pudo ver los pies de los que andaban en el departamento: En medio del dolor pudo pensar en la soledad de no tener a quién contarle esto en caso de que los hombres lo dejaran, pues deben de suponer que sigue desmayado y así lo finge, así relaja hasta donde puede la respiración, entrecierra los ojos y apenas percibe a su alrededor los pies de los hombres hasta la aparición de unos zapatos de tacón aguja, las medias, la última parte del cuerpo de una mujer, su voz apenas escuchada por la ola de dolores y los oídos zumbando, una mujer que se agacha y le toca la frente, dice algo de la posibilidad de que él muera, y los pies de ella se alejan junto a los otros y el silencio entra de nuevo al departamento en Venice, extendido hacia un silencio más largo, roto capa a círculo, onda a radio, revolución a pujido, pico a tambor, al escuchar la voz de Lucille, el olor diferente al humor del departamento, la cama alta del hospital donde Lucille está a su lado, le acaricia la frente, le pide calma, todo va a salir bien, no te preocupes, después te digo lo que sucedió, ahora tu única preocupación es salir de esto y los médicos dicen que pronto.

A las esperas tenidas en cientos de lugares —la de esta noche que parece no avanzar, la llamada telefónica a la Diosa se siente lejana, apenas son las ocho y media y pese a los recuerdos no corre con la velocidad de sus ansias— debe agregarle la espera de días en el hospital del Condado a donde en las mañanas llegaba una sonriente Lucille y sin pausas le contaba las noticias de los diarios, nada sobre México, comentarios sobre los vecinos, increíbles ofertas en los supermercados, algunos —pocos— asuntos de cine, recomendaciones en su cuidado, para irse sin perder la sonrisa.

J. B. estaba enterado de la versión de Lucille dada a la policía: su esposo estaba desmayado, no había signos de sangre pero sí de los ladrones, se llevaron una pulsera, el collar de perlas y el Rolex —regalos de su marido— y algunas otras cosas aún no determinadas. El departamento de cabeza y su marido inconsciente. Él así lo aceptó en los cinco días en que por fin pudo salir al pasillo en busca del teléfono público —una costilla rota, inflamación y dolores en el tórax, pérdida del equilibrio, afectación de la trompa de Eustaquio— y hablar a la casa de la Diosa. No estaba ella ni Pat, regresarían al día siguiente por la noche. Para entonces ya él habría salido del hospital. Mañana por la noche otra espera, una más —pensaba mientras con Lucille, quien nunca le explicó la razón de inventar los objetos robados, viajaba en una ambulancia de regreso a Venice, una tarde soleada, con el viento fresco, similar a esas tardes de México cuando con los amigos se daba a soñar en guiones: antes que nada debe existir un buen guión, ¿como éste? —y en las películas a punto de filmar.

Cuatro días se mantuvo sin salir, al quinto la esposa lo animó diciendo: mientras ella preparaba la cena fuera a dar un corto paseo por el barrio, de calles limpias, arboladas, recorridas despacio, sin forzar el cuerpo, pensando en las opciones a seguir, en su país tan lejano apretándolo en una nostalgia que él nunca supuso. Se detuvo a mirar un aparador con aparatos eléctricos cuando sintió las manos y la voz ordenando silencio, el no resistirse. Sin salir de la sorpresa fue introducido a un auto donde se le dijo que estaba detenido y algo de sus derechos. Inútil fue preguntar. Uno de los hombres le dijo: si decía algo podía ser utilizado en su contra. Iba sentado en medio de dos hombres vestidos de civil, avanzaron por varias calles y de pronto el auto entró a un edificio parecido a un almacén. Un galerón vacío si no fuera por una mesa de madera, dos sillas. Los hombres lo llevaron hacia allá, lo sentaron y el tipo situado atrás de la mesa levantó la cara y sin más inició las preguntas. ¿Cuándo había llegado al país? ¿Su profesión? ¿Sus ingresos? ¿El nombre completo de su esposa y su nacionalidad? El interrogador y los demás hombres que rodeaban la escena nunca demostraron ni agresión ni ira. Eran actos mecánicos, extraídos quizá de un manual. De pronto las preguntas que él calificaba de rutinarias se fueron haciendo más directas: ¿por qué conoce a miss Marilyn Monroe? ¿Quién se la presentó? ¿Desde cuándo viene su relación con Fred y Carla Vanderbil? ¿Qué hizo la última semana de febrero y la primera de marzo? ¿A qué personas se refiere miss Monroe en sus charlas? ¿Desde qué época se aficionó al uso de enervantes? ¿En qué sitios de la Unión Americana vende la droga? ¿Cuántas veces ha viajado a Cuba en los últimos cinco años? ¿Qué opina de Fidel Castro? ¿Usted es miembro del PRI, del Partido Comunista? ¿Es amigo del senador Moreno Sánchez? Era una y otra la pregunta, sin detenerse a meditarlas, a valuarlas. Lo habían esposado y así lo llevaron a un cubículo en un extremo del galerón. Sin precisarlo, J. B. calculó que desde el momento del arresto hasta ahora que se tendía en el catre, habrían pasado unas seis o siete horas.

No hubo golpes, sólo el torrente de preguntas. Las mismas o nuevas, que al poco rato resultaban las mismas y las contestaciones sin muchos cambios: eso de ser amigo de Moreno Sánchez era descabellado, nunca había viajado a Cuba, el PRI le era tan ajeno como cualquier otro partido, jamás vendió drogas en los Estados Unidos, y así las sesiones con los mismos hombres imperturbables, el regreso al cubículo, tomar las medicinas como si supieran con exactitud de sus lesiones, un duchazo por las mañanas, la sesión de preguntas y la espera, otra espera de las demás esperas. No hubo golpes ni amenazas, era una operación sistemática que al cabo de ¿cinco, seis días? comenzó a brincar en el estómago, en las diarreas y la debilidad entrando en el sueño, las ganas de olvidarse de todo.

Una mañana lo arrastraron hacia una camioneta y lo llevaron a la ciudad, tomaron la carretera 405 para que unas cuatro horas después llegaran a San Diego, de ahí a San Isidro, donde lo metieron a una casa habitación, una más de las que bordeaban la calle tranquila. Por la noche, a pie, acompañado de dos tipos, cruzó la frontera. Uno de los guardianes dijo: —Los Estados Unidos no son para ti, recuérdalo, nunca te hemos visto ni nos has visto, lárgate. Tijuana se extendía en el alumbrado. Cargaba sólo una chamarra. Los de la aduana le hicieron señas para que pasara. Se adentró en la movilidad de los cabarets de la avenida Revolución, a esa hora llena de gente y de música. Estaba de regreso a ese país que sintió igual de extraño que el dejado más allá de la garita.

Desde su salida de México hasta ese 4 de agosto, la sensación de no tener patria se hizo tan fuerte como las ganas de no tener esa angustia. Lo impersonal del Ships Restaurante, la media hora faltante para las nueve de la noche, la posibilidad de que la Señora cambiara la cita, Liz le niegue la entrada a su casa, la policía lo detenga, una nueva agresión de los hombres del almacén ¿o de Roselli?, lo mantienen tenso. Debe esperar, oír la voz y si la Diosa lo permite, platicarle del tiempo en el burdel de Natalia llevando clientes, consiguiendo dinero para el regreso. Atascado en Tijuana, cerca de las garitas con bandera americana. Sabiendo que horas más allá se encontraban las dos: la Diosa —como meta— y Lucille, que no contestaba las llamadas telefónicas. En Tijuana vivía en una pensión de la calle Zaragoza, comía en fondas, no gastaba en nada más, ahorrando para cruzar la línea y regresar en busca de la Señora, a soñar y esperar en el departamento en Venice.

De encontrar a Lucille le relataría también lo sucedido en Tijuana, la fuerza para no comprar la blanca, los dolores en el pecho, acumular los ahorros del trabajo: acechar en los centros nocturnos y calles, camelar a los clientes, envolverlos en promesas, evitar los requiebros de las mujeres de la casa —con la figura de su hija delgada pidiendo cosas— encerrarse en la pensión, insistir en las llamadas a Lucille y la Diosa, quien al saberlo en México contestaba con mayor frecuencia que cuando vivía en Los Ángeles. Recordaba la noche del Campanile, contó de su viaje a Nueva York a cantar en el cumpleaños del presidente Kennedy. Preguntaba si había pensado en regresar a visitarla y él suspirando, diciendo de lo mucho que la extrañaba, de sus planes para una película.

Cerca de las nueve de la noche de ese 4 de agosto, J. B. quiso borrar mucho de lo sucedido durante las semanas que trabajó en Tijuana. Quiso tachar de un solo golpe las noches sin dormir, la molestia persistente de los golpes, las insinuaciones de algunos clientes, la necedad del ahorro, los pensamientos sobre la Señora, la inquietud por el silencio de Lucille, la angustia por usar nada más que pastillas de menta —salvo una vez que un gringo le dio a esnifar un polvo de quinta categoría— hasta llegar a la oportunidad nunca intuida cuando a finales de julio, Liz, después de una noche de recorrer cabarets, de escuchar mariachis, de comer tacos y burritos, de tequila y baile, y de una jaleada estancia en el motel La Siesta, lo invitara a pasar unos días con ella en su casa en California, precisamente en Los Ángeles. ¿Dónde dices?, y con la respuesta de Los Ángeles, Pacific Palisades, con gusto siguió abrazando a la gringa, diciéndole de lo bella que era, de lo mucho que podía quererla sin causarle mayores molestias. El domingo 29 de julio, al atardecer, J. B. con ropa buena, fingiendo lo aburrido del regreso a casa después de un fin de semana en *Tiajuana*, en el auto de Liz, rubia, cuarentona, de nariz ganchuda, quien contestó nada al —¿qué lleva?— de los celadores, pasaron la frontera, entraron a los límites de San Isidro para tomar la misma 405 usada semanas antes, diciéndole a Liz: en Los Ángeles vamos a pasar un tiempo maravilloso.

Pensó en adelantar la llamada, pero al llegar a la cabina telefónica del Ships Restaurante supuso que era rebajarse mostrando su desesperación. Las mujeres desean a un hombre, no a un muñequito —recordó las palabras de un hasta ahora ausente Bermúdez—. Con ello la figura de

Liz entra volando al Ships Restaurante, entran también los continuos reclamos de la mujer —viuda, con la pensión del marido muerto en Corea— quien le chupaba, lo despertaba a media noche, se paseaba desnuda, le cubría de vaselina el miembro, le encajaba su sexo en la boca, lo obligaba a masturbarla y a decirle suciedades, y J. B. —así le dijo que le llamara— teniendo que aguantar lo desagradable de Liz, que sin recato salía de paseo con unos pantalones untados y mostrar las nalgas fofas, caídas —como de elefante viejo— pensaba él, mientras pujaba para obtener un orgasmo. Quienes usan a las mujeres para obtener ganancias, deben tener estómago de trapecista, era uno de los dichos de Bermúdez, y J. B. así se sentía, dando de volteretas por la cama, cayendo sin red, con el sonido desafinado de una orquesta, sin público, con el aserrín de la pista lleno de mierda y sin siquiera saber por qué entraban los bombazos en el vientre.

Esa repetición de imágenes fue constante los tres días que le faltaban a julio y los tres primeros de agosto. En esa semana él se dio tiempo para ir al departamento en Venice sin que nadie respondiera a sus llamados, y como había sucedido en el penthouse de Elsa Aguilar, las chapas de la puerta no correspondían a las llaves. Las llamadas a la Diosa se realizaban cuando Liz iba de compras y era Pat quien contestaba con una excusa, pero insistiendo en saber dónde se hospedaba, él fingiendo prisa en espera de una inminente posibilidad de ver a la Señora de Platino, que hasta el viernes 3 de agosto no se había dado, pero se dio cuando la Newcom dijo con tono suave: la señora hablaría con él a las nueve de la noche del sábado, al saberlo él olvidó las arcadas producidas por la mujer de nalgatorio desplomado, y sin contestar al —¿a dónde vas?— salió de la casita de Pacific Palisades rumbo al Ships a esperar la hora de la llamada.

Tratando de echar fuera los nubarrones de los recuerdos, sin medir las consecuencias ante la importancia de la llamada, se acercó a la cabina telefónica. Marcó el 4761890, esperó, ring, ese ring imaginado dentro de la habitación de adornos mexicanos, ring, con el miedo de que Pat negara o pospusiera la cita, pero no, el teléfono de la casa de Brentwood fue descolgado por alguien que no contestó al haló, haló.

Una respiración lenta recorrió las líneas hasta llegar a la cabina del Ships, con un J. B. insistiendo en el: haló, haló. De pronto la respiración se hizo suave, de niña, y él supo que era la Diosa quien escuchaba con el teléfono al borde del rostro. La imaginó en la cama, sin ropa, sabiendo de su belleza. Él se identificó con un doble soy yo, dando también dos veces su diminutivo. Ella, sin esperar más palabras, le dijo: tengo mucho sueño, Pepe, y se quedó callada, sin responder a las demandas, a las preguntas, a las voces de amor que no tuvieron respuesta.

VIII

La mano de doña Amalia dejaba suelto al niño y éste sabía que era el momento de vivir la aventura. Correr por los pasillos, rodar por el desnivel de la pantalla a la primera fila de asientos, esconderse de los hermanos hasta que las luces se iban apagando, el grito de su mamá los llamaba a sus lugares con el rayo luminoso encendiendo la imaginación en la pared blanca donde a veces aparecían el Gordo y el Flaco acompañados del aplauso de los espectadores y del griterío de la chiquillada. Él veía con recelo a los cómicos, le interesaban más las cintas de aventuras donde los galanes —Errol Flynn, Tyrone Power— conquistaban a las muchachas y hacían huir a sus enemigos, pero tratándose del Flaco y el Gordo —ponía primero el nombre de Laurel— su gusto se reflejaba en risas a veces acalladas por su madre con un: ya, niño, pareces loco.

La figura de Liz en la puerta, recortada por la luz del interior, esperando, moviendo el pie en señal de impaciencia —pese a la desazón aún recorriendo los piquetes en el estómago— le recordó los filmes del Flaco y el Gordo: la esposa de uno de ellos a punto de soltar golpes con un rodillo y el temor de Laurel reflejado en la cara alargada, el llanto agudo, el sombrero casi al caer, las ganas de echar a correr dando primero un saltito antes de poner los pies en el suelo.

Por eso adoptó otra actitud a la que Stan Laurel hubiera tomado, pero sintiéndose el Flaco en un inusitado arranque de valor ante la esposa. Liz no era su esposa, era un mujer sin historia, una máquina de insaboras exigencias, una fórmula de entrada al país. Avanzó hacia ella poniendo cara de molestia, mirada dura y ceño a punto de romper a gritos esa escena con recuerdos de una función de cine en la colonia Guerrero, allá, en lo que ahora siente como el otro extremo del mundo, en un barrio tan diferente a Pacific Palisades, todo lo contrario a esa casa de un piso, jardincillo exterior, donde una mujer baja la cabeza, detiene el movimiento del pie y en lugar de exigir, solicita, habla de la angustia de no saber de él, de los peligros en las calles, de la falta de papeles migratorios, y él entra a la casa sin detenerse, se mete al baño, cierra la puerta, se mira al espejo buscando un motivo para quedarse en Los Ángeles si ahora sólo estaba el silencio de la Señora.

Vodka, contestó a la pregunta. Liz, alegre, moviendo las caderas, sacó la botella y puso un disco. Se sirvieron anchos fajos de bebida. Ella bailaba por la habitación con el trago en la mano. Él desde el sillón la miraba bebiendo sin detenerse. Lo tomó de la mano obligándolo a levantarse en un acto de abandono, aceptando el juego de la pelvis, las manos de la nuca al pubis, de las nalgas al cabello, y sin despegar el cuerpo del otro no dejaba de beber uno y más tragos, las luces se hacían pequeñas, el mareo iba entrando. En un momento sintió a la mujer y se dejó ir hacia la sensación, hacia el perfume que se cambiaba por otro, hacia la voz que se convertía en infantil, hacia el cabello dorado y le dijo: Marilyn, recordando Taxco, la fiesta del Indio, el tercer piso del Hilton, los paseos en el Cadillac y metió la boca al cuello dejando caer el vaso y sin atender una petición venida de no sabe dónde para cerrar las cortinas por los vecinos, le quitó la blusa, los pantalones ajustados y se fue hacia las piernas blancas, hacia los cabellos del sexo que se abrió empujándolo a llorar dentro de ese hueco, a ensalivar sus lágrimas mientras desde arriba los gritos de ella daban tonos de fiesta a esa noche del sábado.

Al desgaire, como para comentar algo durante el almuerzo, Liz dijo: en un corte especial del programa de concursos oyó que Marilyn Monroe había sido encontrada muerta. Por un momento J. B. no alcanzó a comprender lo que la mujer decía, levantó la cabeza pidiendo repetir lo dicho. Tiempo después, sobre todo en las mañanas, habría de recordar el golpazo en el estómago al escuchar la noticia, se levantó a prender el televisor, salió a la calle en busca de noticias, al confirmarlas corrió sin parar hasta que la falta de respiración lo hizo sentarse en la acera y sentir que era lo mismo morirse ahí que en otra parte de ese país o del suyo. Sin saber a qué, se dirigió a Brentwood y vio la calle rodeada de curiosos. Confundido con otras personas se estuvo en la acera de enfrente de la casa, sin fuerza para entrar sabiendo que sería arrestado. Se estuvo ahí durante el día, fue el único que permaneció hasta que la noche y la oscuridad de la casa lo llevaron a cerrar los ojos y sentirse avanzar flotando hacia las cuatro palmeras, acariciar al león de juguete que le lamió los dedos, buscar una ventana, cruzar la silenciosa estancia, entrar a la habitación de la Diosa, llena de su perfume, con los muebles mexicanos, hincarse junto a la cama y estar ahí sin moverse, fijos los ojos en la piecera hasta que el ruido y el calor de la mañana lo sacudieron caminando sin rumbo, ajeno al movimiento en las calles y de pronto, sin saber cómo, entrar a otra casa, tumbarse en la cama sin que el cansancio lo durmiera, con una película corriendo furiosa, llenando de imágenes la habitación, la secuencia donde unas putas desfilaban siempre por la misma calle, con unas tumbas al fondo, observadas por una glamorosa rubia desde la altura de un auto descapotable, turbantes cubriendo rostros de pordioseros, una gorda tratando de desenmascararlos, una bailarina danzando en los corrales del ganado, un grupo de hombres cortándole a él las manos, una casa habitada por felinos de mármol, una orquestina de negros tocando timbales gigantes, un niño armado con resortera tirando hacia las olas, y de pronto la pantalla se llena con la figura de alguien regordete mirándolo fijamente con un solo ojo, que se hizo doble con otra cara cuando Liz, a horcajadas sobre él, jalaba su camisa gritando ser una imbécil enamorada de un lunático, maldecir Tiajuana y la bebida, dejarse engañar por su ternura, por su maldita debilidad de cariño, por su necedad de creer en los hombres silenciosos.

Semilevantado la tomó de los hombros, sin decirle algo la miró fijamente y ella fue bajando el tono de las palabras. Era necesario deshacerse de esa bruja que pretende ocupar sitios que no le corresponden. ¿Cómo se atrevía a usurpar un nicho reservado? Subir las manos de los hombros al cuello, apretar hasta borrarle la mirada, hasta terminar con esa demanda inaceptable. ¿Quién podría relacionarlo con esa arpía? Despegó las manos de los hombros. Las fue subiendo por las clavículas. Llegó al cuello, lo acarició tensando los dedos y en ese momento Liz soltó el llanto, estrechó su cuerpo contra el de enfrente y le pidió perdón por su actitud, metiendo su boca en el cuello de él, desarmado, inerte, otra vez metido en sus sueños. —Mientras me baño ve a comprar los periódicos —dijo él al saltar de la cama.

Dejando que Liz fuera quien llevara la voz cantante en una charla desmedida, ese lunes J. B. se dio a leer todos los diarios sin que en ninguno apareciera su nombre, no era sólo eso, sino que en cada detalle del recuento de la vida de la Diosa él sentía recuperar algo de sus recuerdos, de una intimidad violada al tiempo de reafirmarla. En los diarios se reproducían las opiniones de gente conocida, de fans ahora compungidos y llorosos. Sin detenerse Liz giraba en torno a él y viendo que la noticia atraía en forma inusual al hombre dijo: una vez la vi salir de un restaurante en el centro de la ciudad, era bellísima, y muy amable con la gente.

Con los diarios en la mano, J. B. se quedó absorto en la figura de Liz. La miró sin tratar de engañarse. Vio a un ser de rostro triste, de manos pequeñas, nariz ganchuda, de senos grandes, con una mirada nerviosa, ir de un lado a otro de la sala, respirando agitada, tratando de agradarlo. Entonces así, sin mediar palabras previas o acciones de cariño, le preguntó si estaba dispuesta a casarse con él, claro, debían ver si eso no afectaba la pensión de guerra, pero ya buscarían la manera de salir bien librados del asunto.

A partir de ese momento hasta la hora de la salida del autobús rumbo a Tijuana —para no enfrentarse a los de la *border* en el aeropuerto de Los Ángeles, Liz lloraría en cada ocasión que lo acariciara o al mirarlo de frente. Habían acordado que él se adelantara a Ciudad de México a dejar en buen estado su departamento, vivirían allá quizá un par de meses, no más, tiempo suficiente para arreglar sus papeles, ver cuentas bancarias, revisar unos guiones, para una vez terminado eso y otros asuntos: la posibilidad de hacer una película en Estados Unidos, regresarían a Pacific Palisades y si la suerte los ayudaba podían pasar unas temporadas en Los Ángeles y otras en México. Liz compró el boleto de autobús de ida a San Isidro —él dijo que era necesario ahorrar— y redondo el de avión de Tijuana al Distrito Federal. J. B. se negó a que Liz lo acompañara a la frontera porque aparte de la necesidad del ahorro, dijo estar en contra de las despedidas: de alguna manera —cuando se quiere a la otra persona— es morirse un poco. Ella volvió a llorar, como lloró al salir de casa y siguió llorando al verlo subir al autobús después de un largo beso lleno de promesas y prontas llamadas telefónicas.

Una pequeña maleta se asentó en el suelo del departamento en la calle de Río Nazas. Minúsculo equipaje que por ningún concepto pintaba las semanas fuera de su casa. Como si durante el viaje se hubiera ido despojando de recuerdos y sueños, y al regreso portara sólo una tristeza muy grande, sin manifestarse en la mirada ni en el cambio de gesto ni en la línea tensa de entre las cejas, ni en ese apretar de brazos contra el estómago, movimiento que a veces le recordaba uno similar en James Cagney. La soledad polvosa del departamento no le impidió ver en primera instancia el retrato de M. M. y con ello regresar a los pensamientos desde el momento en que abordó el Greyhound y con las mismas imágenes llegó a la frontera para cruzarla sin siquiera mirar a los mexicanos de la aduana que se entercaban en decir si llevaba algo más aparte de la pequeña maleta.

Las cuatro horas de espera las soportó en el aeropuerto, no se adentró en Tijuana pues no quería recordar las semanas de su espera —las malditas esperas— buscando clientes, aguantando los embates de la ensoñación sin detonantes, ahorrando para la posterior inutilidad, el encuentro con esa mujer llorosa —no quiso decir el nombre— a quien nunca más volvería a ver. Tampoco se le revolvió nada por dentro al pensar en las ilusiones de la nalgona, él sabía lo que en verdad era estar aguardando sin siquiera saber de qué se trataba, no iba a quitarse la amargura y el desánimo al suponer los llantos de la tipa en su mediocre casa de Palisades, así que al subir al avión, desde la escalerilla metálica giró la cabeza hacia el norte y en un gesto de gran despedida se dijo: jamás pensaría de nuevo en nada de allá salvo en su Diosa que andaría con él en cualquier lado de su existencia.

Pero su Diosa, aun cuando fuera el único ser del universo, no vivía en el fondo del mar, había sido rodeada de hombres y mentiras, de papeles y rémoras, de negruras y profundos desniveles, y si bien ella estaba sobre cualquier otro asunto terráqueo, Baños era un mensajero de lo inconcluso, un hombre con el recuerdo de las sombras clavado en la ruptura de las costillas, en la necedad de los agentes, en la falta de documentos, en la inmediatez de esas mínimas pertenencias colocadas en la pequeña maleta asentada en el piso de su departamento en la Ciudad de México, la, la, la Ciudad, no de Ciudad, quitando el pronombre como los yanquis acostumbran.

Si alguien hubiera revisado la maletita habría descubierto que no guardaba ropa ni utensilios de baño, contenía fotos y recortes de prensa. En varios de ellos existía un seguimiento de las horas previas a la muerte de su Diosa. Había también relatos sobre las posibles causas de su fallecimiento, la forma en que fue hallada en la recámara, la descripción del entorno, declaraciones de su asistente de prensa, missis Pat Newcom, del ama de llaves, missis Murray, quien a eso de las tres de la mañana entró a la habitación y descubrió el cuerpo, entrevistas con diversas personalidades, y en un párrafo, Guy Hocket, de la oficina del forense, decía que al llegar el *rigor mortis* era tan avanzado que se llevaron cinco minutos en estirarla pues se encontraba en posición semifetal, con el teléfono sobre la cama, muy cerca de su mano. Y eso brincaba en la cabeza, con las trompadas en el estómago, con el llanto que de pronto, sin mediar nada, le hacía esconder la cabeza. Nadie importaba, menos aún la mujer de Palisades. Tampoco la desaparecida Lucille, quien de seguro se había marchado con sus familiares, porque dentro de su regreso a México lo importante era saber que su Diosa mantenía el teléfono cerca de sus ojos —*que si me miran*— con la luz que no se iba a terminar nunca, con sus años en salas cinematográficas desbordadas de gente, con los vestidos cubriendo el cuerpo incapaz de cubrir en sus soledades, usando las pastillas como recurso único, escribiendo notas para entender su existencia, metida en esa cama ancha, con la línea abierta hacia la voz de él transformada en el mismo teléfono tumbado sobre el velamen blanco de las sábanas.

Como una novedad sin chiste miró la calle Nazas y el edificio. La soledad del departamento revolviendo el olor a clausura. Al abrir la maleta desparramó ordenadamente su contenido sobre el piso. Acomodó los papeles e hincado los fue revisando uno a uno, deteniéndose en alguna foto, releyendo alguna nota, así se estuvo tantas horas que al levantarse le dolían las piernas y el palpitar le recordaba la costilla rota. Los ruidos de la calle apenas llegaban a la habitación. Era su misma ciudad ahora desconocida aun cuando el viaje parecía no haberse iniciado y nunca haber salido de ese espacio. Miró la foto de su Diosa, fue a la mesa de trabajo y reinició los bosquejos de una película, donde varios personajes se daban cita en una ciudad sin registros del viaje de nadie. Donde la muerte era cabeza de diario hasta no tener una mayor noticia.

Por eso un viajero sale a la calle en busca de algo para detener la nostalgia y va en busca de un hombre llamado Grijalva, quien recibe al recién llegado y le dice: hay mucho trabajo y quizá con su ayuda ahora puedan duplicar las ventas, se va a iniciar algo con Miguel Delgado y estamos a tiempo de entrar al reparto —riendo sin dejar de ensalivarse los labios— señalando: hay posibilidades de que aparte de sus ventas pueda trabajar en la cinta *Ritmo del alma*, porque es de rock y están buscando gente.

El hecho de reiniciar las ventas de papelillos bajo las desagradables órdenes de Grijalva, no le quitó la amargura que poco a poco —mientras merodeaba los Estudios Churubusco viendo a Enrique Guzmán y a Angélica María, estrellas de la cinta, y recibía pésames y citas para después me platicas porque tú debes de saber mucho— se fue transformando en una rabia sorda, un deseo violento de acomodar la información, entender por qué nadie hablaba más allá de una muerte cada día más insustancial —así lo definió frente a Bermúdez, quien dijo algo sobre un poeta llamado Jorge Manrique, para terminar con el mundo es un triturador de noticias y continuar con la necesidad que tienen los hombres de desfogar sus sentimientos sin ponerse a definir si los métodos son los adecuados: el que trae una daga en el alma debe curarse conforme pueda, así que venga, lo demás es onanismo trasnochado.

Fue el mismo jalisciense quien moviendo la mano en señal de importarle poco los decires de la gente, invitó a una fiesta en casa de Mary Esquivel donde se podría pasar una buena velada, y si a Pepe le entraban las ganas, vender algo de lo que los dos sabían que comerciaba.

Por eso entraron a la casa de Polanco, Bermúdez como realizando una rutina y José tenso, seco al contestar saludos. En un momento alguien, con una copa coñaquera en la mano, se acercó a ellos.

—Gustavo Medina, pero mis cuates me dicen Gus —dijo el hombre barbado, de unos 45 años, gordo, bajo de estatura— he oído hablar mucho de ti, tenía ganas de conocerte.

Estaban situados junto al bar de la casa de la actriz cubana: morena, de nariz chata, de cuerpo suntuoso, quien los recibió en la puerta y dijo, así, como si todos debieran agradecer la información: Juan está por llegar, echándole una mirada a Baños que éste correspondió con una sonrisa tímida —ya sabes, con las aventadas hay que fingir ser apocado— y caminar, saludando amigos, recibiendo lo siento mucho, caray debe de haber sido muy duro para ti, compartimos tu pena, y llegar a una orilla del bar a donde se acercó Gus y sin más entró a la charla como si fueran amigos de tiempo, expresando su admiración por las piernas de Lilia Prado moviéndose en el otro extremo de la sala.

—Buenísima la Lilia, quién pudiera torear en esa plaza —quizá aludiendo al romance de la michoacana con el torero Gabriel España.

José Baños mostraba un aburrimiento sordo, no sacudido por las piernas de la Prado ni por la coquetería de Mary, menos por la plática obvia de Gus quien se identificó como cronista de eventos sociales, amigo de mucha gente de México —dijo moviendo la mano como si con ello abarcara el horizonte, lo que sumió más a Baños en ese cansancio que ya le había costado una discusión con Grijalva pues éste insistía en que las ventas de Pepe no completaban lo acordado, aunque José trataba de levantarse por las mañanas dispuesto a seguir conquistando clientes o soñando con su película, sentía el cuerpo pesado, la mente huidiza, las turbonadas de esa sensación de saber algo y no poder definirlo.

Por un momento Gus se separó de Bermúdez y Pepe para saludar a un hombre vestido de charro, Javier Solís, es un amigo de poca madre —dijo al regresar cuando una cierta agitación revolvió a los asistentes. Juan Orol, avejentado, con rostro agrio saludaba a la Esquivel y ésta, en voz alta, marcando el acento cubano, decía: la cinta por rodar, *Bajo el manto de la noche,* iba ser un bombazo, el binomio de Juan y Mary estaba en su mejor momento, amigos queridos, ése es el motivo de este convivio.

—¿A una cubana como Mary le importaría una nueva invasión a su patria? —preguntó José sin recibir contestación de Bermúdez, no así Gus, quien bebiendo sin detenerse —me encantan los mojitos, alzando los brazos dijo: a las estrellas no les importa la política. ¿Ni tratándose de su tierra? —terció Bermúdez. Gus lanzó: las actrices son apolíticas, sólo están pendientes de sus éxitos sin que otra cosa las altere, por ejemplo, ¿ustedes se imaginan a la Esquivel —y esas nalgas que Dios le ha dado, y disfruta de lejos don Juan porque de seguro al viejo ya no paraguas— metida de guerrillera en las montañas de Cuba? No, se la imagina uno en la cama o siendo el sueño de un chingo de malandrines, como tú, Pepe, y no lo digo por lo de malandrines, sino por tu experiencia en esto de las damas quita-alientos, como Elsa y después la señorona.

Juan Orol, con la Esquivel sorbiendo su respiración, era el imán de un grupo de personas que escuchaban el marcado acento español del hombre flaco, de traje cruzado, con el sombrero de ala ancha como parte de su cuerpo, manoteando sin perder el aire solemne, igual que si estuviera en *Duelo en la cañada.* Baños cambiaba de bebida en cada copa, inició con mojitos, daikirís, cubas libres, tequilas e insistía en brandys combinados con tónica.

—Pa'su madre —dijo Gus— andas con ganas de irte a dormir y solo.

La gente de un lado a otro, la música de un trío, Las Sombras —alguien dijo, la voz de Gustavo Medina latiendo junto a la oreja de Baños, hablando de su relación con el jet set, con un tal Villagrán y sus viajes a Acapulco, en que la deportación de Pérez Prado se debió al mambo que el caraefoca le había compuesto a la esposa de Casas Alemán —la niña rica, la niña popof, tarareó, de las jaladas de Orol, de la detención del general Mariles por unos terrenos, de un miniavión privado para uso de López Mateos, y la mano de Gus marcaba el aire demostrando el vuelo del avión cruzar la madrugada solitaria, cuando los dos, sentados en la acera de alguna calle de Polanco, seguían bebiendo de una botella y Pepe a voz revuelta contaba de un complot sabido por la Diosa, me cae de madres, lo del suicidio no se lo cree nadie, jijos de la tiznada, le tenían miedo, ella sabía de las marranadas que iban a hacer, y Gus mostraba cara de estás muy pedo, estás exagerando y Pepe recalcaba, ella me lo dijo, una chingadera llamada Mangosta, se la jodieron esos cabrones, la sacaron de la vida, de mi vida, mano, me lleva la puta madre, medio llorando, medio doblándose contra él mismo, secándose los mocos con el revés de la mano, moviendo los brazos, intercalando recuerdos contra presentes, otras noches, otras esperas como la de esa madrugada en que aguarda sin saber a quién espera porque apenas distingue el rostro del tipo junto a un él insistiendo sobre lo del suicidio, ardid que nadie podía creer más que los jijos de la tiznada que ponían micrófonos, la usaban como basurero para arrancarle los secretos, se la quebraron, me cae de madre, fueron ellos, lo que repitió mientras Gus ayudaba a subir las escaleras a un José que rezaba una mentada de madre a los asesinos.

Sin haberse quitado la ropa, la presión en los ojos, el mareo tumbando las paredes, se incorporó tratando de humedecer los labios con una inexistente saliva. Eran pasadas las dos de la tarde y el sueño aún andaba girando en esa turbulencia y en las arcadas tercas. Como pudo se levantó a prepararse un té —al fuego nunca hay que echarle gasolina— y sentarse en la sala, a esperar —una espera más— a que el malestar amainara en ese palpitar del sudor oloroso a tragos. Supo que ese día no iba a ver a Grijalva, a soportar sus movimientos maricones, las mangas del suéter a medio brazo, el tinte del cabello, lo rebuscado de la pronunciación. Ya mañana pagaría el peaje de un día libre porque hoy iba a estar solo, sin oír en el estudio los gritos de Abel Salazar tratando de ahorrar dinero en la filmación de *Ritmo en el Alma*, ni las imbecilidades del director Delgado, mientras Pepe anda como puta de San Fernando acercándose a saludar a los actores, a Berta Moss, a Emilio Brillas, a Elmo Michel, fingiendo una reunión de amigos para en seguida ir a lo suyo, a terminar con la cuota de papelillos, a esperar un día siguiente pegado con el otro con diferente *set*, porque ya se hablaba del rodaje de *Corazón Diario de un Niño*, o *María Pistolas*, que era lo mismo de hoy sin serlo, los mismos diferentes rostros, mismos compradores, la calca en las fiestas, como la de la noche anterior y la charla con el tipo ese Gus, la caminata hasta un taxi, carajo dónde quedaría Bermúdez, los tragos a pico de botella, las palabras de ambos, el sonido de la ciudad entrando por las ventanas, las ganas de vomitar, la sed, los deseos de quedarse solo, de acallar las historias, sin que fantasma alguno entrara al departamento de la calle Nazas.

El anochecer fue cubriendo la luz, los reflejos en la fotografía de la Diosa se tornaron oscuros y Pepe sin moverse del sillón, con una jarra de agua enfrente, era un cachito curvado con el ardor en el estómago que de improviso le brincó al escuchar el sonido de la puerta, el toquido suave, insistente. No deseaba enfrentarse a nadie, ni escuchar palabras ajenas a las suyas modificando la visión del retrato de una Rubia alada, pero los golpes seguían machacando su negativa. Se escuchó: abre Pepe, necesito hablar contigo. No reconoció la voz que terca continuaba en abre, sé que estás ahí, Pepe, necesito comentarte algo. Abre la puerta, carajo, es necesario que platiquemos.

Con los libros y cuadernos bajo el brazo, fofo, sucio, la ropa arrugada, Ricardo Cruz entró sin mirar a Baños. El periodista siguió de frente hasta colocarse debajo del retrato de la Diosa. Sin mencionar nada sobre la oscuridad de la estancia y sin preámbulos le dijo palabra a mueca, silbido a frase: las imbecilidades se aguantan una vez, pero si continúan resulta más imbécil el que las soporta. Quédate con los buenos recuerdos y olvida los otros. No, no pongas cara de tonto, sabes muy bien a lo que me refiero. Logré hablar contigo, pero la siguiente serán otros los que te vengan a ver y te aseguro que no te van, a decir ni una palabra. Tú nada sabes de la vida personal de la Señora, fuiste y eres su amigo, su querido, pero fue un sueño y ya despertaste, no confundas los sueños con la vida real. Hemos sido amigos, no quiero tener remordimientos. ¿Has comprendido? ¿Sí? No, no muevas la cabeza, quiero oírte decir: entiendo lo que dices, sé a lo que me estoy exponiendo si sigo de hocicón inventando historias. Lo que pasó pasó, pero lo que a ti te puede pasar es posible prevenirlo. Nadie va a molestarte, pero no sigas inventando historias. Ya no serán costillas rotas, Pepe. Dime qué has entendido. Es la última vez que platicas de eso y la última que hablo de este asunto. No te molestes, conozco la salida, ojalá también sepas cómo salir de esto. Dime que lo has entendido.

Y se quedó en medio de la oscuridad rayada apenas por las luces de las calles. Era alguien filmando su película: correr por los pasillos del Roxy. Caminar por las calles de Los Ángeles. Esperar en la cabina del Ships, o que otro toquido en la puerta lo regrese al costeño de Gabriela, a los hombres de Roselli. Quiere romper a los constructores de turbantes. Machacar las piernas de las bailarinas del mundo. Quemarle los ojos a las putas. Moldear las caderas de las gordas. Levantarse a buscar las fotos de la Diosa e irlas pegando en cada trecho de las paredes, en cada hueco de las habitaciones, en ambos lados de las puertas, contra los muebles y el escritorio, la mesa y las columnas, usando sillas para llevar las fotos hasta los sitios más altos y cuando no tuvo un espacio más donde colgar el rostro o la figura de la Señora de Platino hizo un círculo con velas encendidas, levantó el teléfono, habló dirigiéndose al sonido del tono de marcar, escuchando las palabras de la Señora que eran las mismas saliendo de cada una de las imágenes revueltas en un murmullo, acompañadas de cantos cumpleañeros, sudores incumplidos, y supo que en aquella noche del 4 agosto, al escuchar *tengo mucho sueño, Pepe,* era porque el sueño iba también entrando sobre la ciudad solitaria.

Con M de Marilyn terminó de imprimirse en agosto de 1997, en Litográfica Ingramex, S.A. de C.V. Centeno 162, Col. Granjas Esmeralda, C. P. 09810, México, D.F. Cuidado de la edición: Sandra Hussein y Rafael Serrano Pérez-Grovas